U0502828

黄金原野

鉴赏版

刘慈欣 著

科学普及出版社

·北 京·

图书在版编目（CIP）数据

黄金原野：鉴赏版 / 刘慈欣著 . -- 北京：科学普及
出版社，2022.1

ISBN 978-7-110-10311-1

I.①黄… Ⅱ.①刘… Ⅲ.①幻想小说—小说集—中
国—当代 Ⅳ.① I247.7

中国版本图书馆 CIP 数据核字（2021）第 199149 号

策划编辑	王卫英
责任编辑	王卫英　曹　璐
装帧设计	北京中科星河文化传媒有限公司
正文设计	中文天地
责任校对	吕传新
责任印制	徐　飞

出　　版	科学普及出版社
发　　行	中国科学技术出版社有限公司发行部
地　　址	北京市海淀区中关村南大街 16 号
邮　　编	100081
发行电话	010-62173865
传　　真	010-62173081
网　　址	http://www.cspbooks.com.cn

开　　本	889mm×1194mm　1/32
字　　数	50 千字
印　　张	5
插　　页	12
版　　次	2022 年 1 月第 1 版
印　　次	2022 年 1 月第 1 次印刷
印　　刷	北京盛通印刷股份有限公司
书　　号	ISBN 978-7-110-10311-1 / I · 631
定　　价	36.00 元

（凡购买本社图书，如有缺页、倒页、脱页者，本社发行部负责调换）

序

科幻文学是科学与文学融合的产物

刘慈欣

　　科幻文学作为一种新出现的文学体裁，与传统的现实主义文学相比有共性，也有其独特之处，科幻文学是科学与文学相结合的产物。

　　科幻文学是在科学的基础上展开想象，它与传统的现实主义文学的不同之处在于，后者注重描写人与人、人与社会之间的关系，而前者注重于人与大自然的关系，以及人与科学技术的关系。科学技术本身具有深厚的美学内涵，科幻文学则努力用文学语言来表现这种美。这种对科学之美的文学表现，能够激发读者，特别是青少年读者对科学的兴趣，启发他们的想象力，开阔他们的视野，使他们对宇宙中的未知世界充满好奇和向往，充满探索的激情。科幻文学作为一种充满创新意识的思维方式，向我们展现未来和未知世界的各种可能性，常常对各个领域的创新起着意想不到的诱发和推动作用。

从文学角度看，科幻文学并非如人们通常认为的那样，是天马行空、远离现实的，事实上，科幻文学与现实有着十分紧密的联系。科幻文学中常见的题材，如技术进步中社会的变迁、环境保护、太空探索、人工智能、新能源等，都具有重要的现实意义。如果说现实主义文学描写的是已经发生的现实，科幻文学则描写的是我们将要面对的现实，后者同样具有重要的意义。从这点上看，现实主义文学的创作原则同样适用于科幻文学的创作。

科幻文学作者同样需要深入生活。只有深入地感知现实社会，才能构筑起有文学和思想价值的想象世界；只有投身于现在，才能想象未来；只有立足大地，才能仰望星空的深处。科幻文学在中国的发展，与中国的现代化进程密切相关，中国社会正在发生着飞速的变化，机遇与挑战并存，人们越来越多地接触外界的事物和多样的文化，中国的未来空前地让人向往。这样的环境给科幻文学的发展提供了肥沃的土壤，也对科幻文学的创作提出了更高的要求，感受时代的脉搏和时代发展的主旋律对于科幻文学的创作是十分重要的。

　　科幻文学属于大众文学，面对着广大的大众读者，在中国，主要是青少年读者。近年来，科幻文学的读者圈也呈扩大趋势，在 IT 和航天等领域，也出现了大量的科幻读者。科幻文学的表现方式，首先要面对这样的大众读者群体。科幻文学是内容的文学而不是形式的文学，说什么比怎么说更重要，只有面向大众读者，科幻文学才有持续发展的可能。今天，世界科幻文学正在发生着深刻的变化，科幻文学的视角和所关注的主题与以往相比有很大的不同，中国的科幻文学也应该培养这种对时代的敏感性，鼓励多种创作风格的发展，建立起中国科幻文学自己的视角和多样性。

　　在整体的文学版图中，科幻文学具有某种超越性。中国文学以现实主义为主流，依托中华文化深厚的底蕴，产生了大量反映现实和历史的优秀作品。但总体而言，现实主义文学是面向现在和"向后看"的文学。在中国崛起的进程中，需要"向前看"的文学，而科幻文学正是这样一种文学样式。随着中国现代化进程的加速，国人传统的封闭和现实的思维方式正在发生着深刻的改变，越来越多地对未来和遥远的宇宙产生兴趣，特别是在年轻人中，这种趋势尤其明显，而科幻文学的发展正反映了这种思维方式的转变。

在所有的文学体裁中，科幻文学是与"中国梦"最为密切相关的文学，中国的科幻小说展现了中国人对未来的展望和对宇宙的向往，展现了现代中国社会日益开阔的眼界和思想，中国正在对人类文明做出越来越大的贡献，而科幻文学正是这一进程的生动反映。

目　录

黄金原野

刘慈欣

  麦克和爱丽丝等待着第二个太阳的出现。透过"黄金原野号"的后舷窗，他们望着遥远的太阳，从这海王星轨道外的太空看去，太阳只是一个刚显出圆盘形状的星体，它的光虽能够在舱壁上投下影子，但已经让人感觉不到任何热度。麦克看看身着太空服的爱丽丝，觉得她也像一个太阳，是她的存在使这距地球45亿千米的冷寂太空有了意义，也使他自己的生命有了意义。爱丽丝于一个小时前刚刚苏醒，这之前她经历了起航之后最长的一次沉睡，有两年的时间。

第二个太阳出现了，开始看上去只是一颗普通的星星，但亮度急剧增加，像一只睁开的眼睛，很快变得比真正的太阳还亮，一时间，整个宇宙都苏醒了。这是"猎户座"飞船减速时发动机的核火焰。

麦克欢呼起来，"黄金原野号"的舱室是如此狭小，他甚至不能挥舞双手，他想拥抱爱丽丝，但知道不可能。

"我看到了，真好。"爱丽丝透过太空服的面罩对他灿烂地一笑。

眼前一片蓝色，一行白字出现：

网络拥堵，请切换为 2D 显示，或稍后再试。

麦克摘下 VR 头盔，回到他自己的简陋的单身公寓中。房间不大，但与"黄金原野号"的舱室相比就宽敞多了。他拿起笔记本电脑，

把刚才的画面切换到 2D，但网速仍然很慢，图像几乎不动，爱丽丝的笑容凝固在屏幕上，麦克继续沉醉在这笑容之中。

同以前一样，他当然知道爱丽丝的微笑不可能是对自己的，因为刚才与她同处"黄金原野号"飞船上的，除了自己，还有其他几亿人，现在，全人类都通过网络挤在那间狭小的舱室里。同时，他看到的是 4 个多小时前的爱丽丝，这是电波从 45 亿千米远的太空传回地球的时间。

能听到外面街上传来的欢呼声，整个世界都在欢呼。

"19 年了，"麦克看着屏幕上的爱丽丝说，"我从一个 18 岁的男孩变成了 37 岁的男人，你还是那么年轻。"

在麦克的记忆中，19 年前的那天时而显得很遥远，时而又像近在昨日——在没有任何预先信息的情况下，"以太号"火箭突然从加州莫哈韦沙漠的莫哈韦航天发射场点火升空，运载着"黄金原野号"飞船飞向太空。这时，距米勒在车祸中遇难仅不到 10 个小时。

阿尔弗雷德·米勒早年并没有显示出对太空探索有特别的兴趣，他那庞大的商业帝国主要是从制药和生物工程领域发展起来的。一切改变都是从一种名叫"冬神"的药物的出现开始的，它是米勒的"生命远景"公司研发的药物。"冬神"的研制过程长达半个世纪，耗资更是创造了世界制药工程的纪录。这是一种人体冬眠药物，依剂量不同，可使服用者进入三个月到一年的冬眠，如果连续服用，冬眠期则几乎可以无限延长。在冬眠期间，人体的新陈代谢降到最低，不需要外界任何营养补充，衰老几乎停止。

"冬神"研制成功的消息引起了巨大的轰

动，但紧接着米勒却宣布要将这项成果封存，将专利技术冻结，药物不会投放市场。他解释说："'冬神'将是懒惰和消沉者的福音，他们会用这种最方便的方式逃避现实，逃避责任，在未来不同的时间醒来看看，选一个最舒服的时代生活。这不是研发'冬神'的目的。"米勒表明，他最初研制"冬神"是想把它用于太空航行，使得远航的飞船只需携带很少的食物、水和氧气。

但是，需要"冬神"的载人太空远航似乎将永远停留在科幻小说中，自 20 世纪中叶的登月以后，载人太空航行所到达的离地球最远的垂直距离，只是米勒的那辆林肯车开三四个小时的路程。

VR 游戏中的太空远比真实的有趣，甚至，除艰辛和危险之外，比真实的更真实。

米勒不想再等待，他决定自己创造一个能

使"冬神"派上用场的时代，于是他使"生命远景"公司向航天领域转型，并发布了自己的载人登陆火星计划。5年后，"生命远景"公司完成了计划的第一步，研制并建造了巨大的"以太号"火箭，其起飞重量比有史以来最大的"土星五号"火箭还重1000吨。但计划的进展似乎到此为止了，米勒很快发现，与建造巨型火箭相比，登陆火星和返回的工程技术研发更为艰巨，而"生命远景"公司此时已耗尽了财力，已经日薄西山的NASA也无法继续提供技术支持。米勒先是把火星往返航行改为单程航行，后来又把登陆的目标由火星改为月球，但终于发现即使是重返月球的目标也无法实现，最后他完成的是"黄金原野号"飞船——这是一个只能载一人的小小的太空舱，没有着陆和返回能力，只能绕月飞行。之后，米勒再也无力前进一步。

"以太号"火箭的首次发射一再推迟，它那庞大的躯体像是耸立在沙漠中的一座孤峰，顶部如国会大厦穹顶般宽阔的整流罩蒙上了沙尘，似乎已经历了漫长的岁月。

米勒在长岛的车祸中遇难，这对"生命远景"公司的太空探索事业是一个致命的打击。在他离去后，董事会无疑将使"生命远景"公司离开这个没有任何商业前景的领域，回到以前的运营轨道上。"以太号"火箭和其上的"黄金原野号"飞船将被废弃，它们最好的命运就是成为某个航天主题公园的陈列品，但最大的可能是被拆解为废金属。

但就在米勒去世的当天，"以太号"火箭突然发射升空。在其运载的"黄金原野号"飞船中有一名宇航员，是米勒的20岁的女儿爱丽丝。

"'以太号'火箭和'黄金原野号'飞船

只应属于太空。"爱丽丝在留给媒体的视频中说。那时的发射倒计时只剩下 3 分钟，她身穿太空服置身于"黄金原野号"飞船狭小的座舱中。她说，"黄金原野号"飞船将在"以太号"火箭的推动下飞向月球，飞船将在绕月飞行后返回地球，这是为了实现父亲最后的夙愿。

发射是在没有对外界公开的情况下进行的，准备工作很仓促，基地中只有很少一部分人员参加了发射工作。

人类历史上最大的火箭在巨大的轰鸣声中升空，整个沙漠都在颤抖。由于"以太号"火箭有巨大的质量，起飞时的加速度比以往火箭的都小，它的上升很缓慢，10 多千米外的目击者仿佛看到了地平线上一次壮丽的日出。

开始阶段十分顺利，两个助推器和第一级脱离后，第二级成功点火，"黄金原野号"飞船在"以太号"火箭的推动下飞向月球。按

照飞行程序，15 分钟后发动机关闭，飞船与火箭联合体将精确地进入与月球交会的轨道。接着，"黄金原野号"飞船将与火箭末级脱离，开始 50 个小时的滑行，在与月球交会后绕月飞行，然后用自身的动力返回地球。

但火箭发动机没有关闭，继续以最大功率运行。

后来根据对传回的数据进行分析发现，就在飞船与火箭即将分离之际，火箭燃料仓内剩余燃料的温度急剧上升，导致燃料仓的压力剧增。这可能是燃料仓的隔热系统损坏所致。此时，燃料仓的紧急减压阀门却失效了，增压中的燃料无法排出，这都是仓促发射引发的恶果。超低温燃料受热产生的巨大压力，将很快导致末级箭体爆炸，在爆炸中推进剂将与氧化剂混合，将压力造成的冷爆炸转化为威力巨大的热爆炸。这时，即使飞船与火箭脱离，两者分离的速度也是很慢的，飞船不可能移出爆炸的威力圈。制止爆炸的唯一途径就是继续全功率开启火箭的发动机，通过消耗燃料降低压力，把压力控制在燃料仓能够承受的范围内。事后，工程师们认为，火箭控制系统做出的这个决定是正确的。

"以太号"火箭是为登陆火星而设计的，在它的设计中运载飞船的质量远大于"黄金原野号"飞船的质量，但在这次发射中，由于结构平衡的需要，必须加满燃料后起飞。所以计划中完成绕月飞行后，已经脱离飞船的末级火箭中将有大量的剩余燃料，现在，这些燃料将全部用来加速。

地面控制中心曾试图使"黄金原野号"飞船与火箭分离，但在加速状态下这个操作不能进行。

疯狂的加速持续了18分27秒，燃料耗

尽，发动机停机。"黄金原野号"飞船与"以太号"火箭的末级分离，这时，"黄金原野号"飞船的速度已经远大于飞行计划的设定速度。它用自身的发动机减速，但它上面那小小的发动机只被设计用于进入和脱离月球轨道，因此只能把飞船目前巨大的速度减小一小部分。"黄金原野号"飞船的燃料很快耗尽了，它在太空中静静地滑行着，在一般人看来，这并未显示出什么灾难的迹象，但冷酷的牛顿定律已经给它打上了死亡的魔咒。

"黄金原野号"飞船目前的速度已经大于第三宇宙速度，太阳的引力无法留住它，如果没有救援，已经失去全部动力的飞船将一直向前飞离太阳系，消失在茫茫太空中，没有任何回到地球的希望。

"黄金原野号"飞船比预定时间提前 21 个小时越过月球轨道，这时，计划与之交会的月球还在几万千米之外。

最初人们认为，除了为爱丽丝默哀没有别的事可以做了。自国际空间站退役后，俄罗斯和美国已经多年没进行过载人航天飞行，中国也仅限于把航天员送上自己在近地轨道运行的空间站。以目前人类航天技术的能力，短时间内不可能对月球轨道之外的、以超过第三宇宙速度的速度飞离的飞行器进行救援。

但随之而来的一则消息带来了一线希望："黄金原野号"飞船上携带着"冬神"药物，其数量可以使爱丽丝冬眠20年。

"黄金原野号"飞船一直保持着与地球的联系，飞船的通信系统连入了互联网，每个人都能通过虚拟现实技术的连接进入飞船里，身临其境地同爱丽丝一起，在寒冷的太空中进行着没有终点的漂流。

麦克在电脑上打开了一个叫"黄金原野"的文件夹，里面有 1000 多个名为"Alice"的 VR 视频文件。他戴上头盔，打开了最前面的 Alice0001，那是 19 年前他第一次与"黄金原野号"飞船进行 VR 连接时的记录。文件建立的日期是 2043 年 12 月 10 日 23 点，这是"以太号"火箭末级意外加速结束后的 12 个小时，飞船正在穿越月球轨道，开始它向外太空的死亡漂移。

麦克第一次进入"黄金原野号"飞船，第一次来到爱丽丝身边，这也是他唯一的一次见到没有穿航天服的爱丽丝，她身着白色的工作装，胸前有"生命远景"的徽章。也许是因为发射的仓促，她没有来得及把自己的长发剪短。那长发在零重力下缓缓飘散，如诗如梦，他甚至感到了一缕发丝轻拂过自己的面庞。飞船背对着太阳和地球，透过舷窗只能看到银河

系灿烂的星海，这星光晶莹地映在爱丽丝的双眸中。然后她第一次看着他微笑，这时飞船与地球的通信几乎没有时滞，同与飞船联网的无数人一样，麦克相信那微笑真的是对自己的。爱丽丝在轻声说话，但声音对他是屏蔽的，从她不断扫视控制面板的目光来看，可能她是在与地面控制中心交流飞船的运行状况。她显得平静而睿智，丝毫看不出身处绝境，这让他看得入迷。她似乎没有忘记他的存在，不时抬头对他微笑，每一次他都慌乱地移开目光。

有什么纤细的东西飘过他的眼前，那是一株绿色的小草，他不由伸手去抓，小草从他的手中穿过。爱丽丝也看到了，她伸手抓住小草，很小心地把它插在控制台上的一个有水的小塑料管中。

麦克突然听到了爱丽丝的声音："这是发射架前的草坪上的，以后，它是唯一陪伴我的地球生命了。"

"我会一直陪伴你的。"麦克用微微颤抖的声音说。

麦克清楚地记得，那天离开网络后，他来到大学宿舍的阳台上，长久地仰望着星空，星海仿佛因爱丽丝的存在有了生命。

他接着打开了 VR 视频文件 Alice0002，这是在上次连接后的 5 个小时，是在一个不眠之夜后的凌晨，在长时间的网络拥堵后他终于再次与"黄金原野号"飞船联网，现在飞船距地球 80 万千米。这时爱丽丝已经进入冬眠，为了节省飞船的能源，恒温系统关闭了，她在航天服中沉睡着，控制台上的大部分屏幕都暗了下来，只有星光从舷窗照进来，映出面罩里面爱丽丝美丽安详的面庞。

"我会一直陪伴你的。"麦克再次说。

"黄金原野号"受到了全世界的关注，在人类历史上，第一次有一个人从地球大家庭走失了，那个在太空中渐行渐远的天使般的姑娘牵动着每个人的心，对她的关切渐渐成了人们生活的一部分，"爱丽丝时代"开始了。

　　麦克毕业后找到了一份程序员的工作，像大部分在近年来进入职场的年轻人一样，他不需要去公司上班。事实上他供职的那家公司只存在于网络中，他只需待在单身公寓中就能在网上完成一切工作。每天深夜，他都会通过网络进入"黄金原野号"，来到冬眠中的爱丽丝身边，同她一起静静地沐浴在星光里，这是他一天中最美好的时光。

　　麦克知道，每时每刻都可能有上亿人同他一样通过网络陪伴着爱丽丝，"黄金原野号"渐渐成为一种文化现象，渗透到社会生活的方方面面，成为全球政治、经济和文化领域都不得不考虑的一个因素，而随着时间的流逝，这个因素变得越来越重要。

在开始的阶段，爱丽丝的冬眠周期较短，只有 10 天左右，后来则延长到了一个月。爱丽丝苏醒的日子几乎是一个世界性的节日，每到这一天，所有的人都期待着她从沉睡中睁开美丽的双眼，从太空中给世界一个微笑。为了节省飞船上数量不多的生存资源，每次苏醒的时间都很短暂，爱丽丝同地面控制中心交流飞船的运行状况，对地球打个招呼，服下"冬神"，再次进入漫长的沉睡中。

麦克打开文件 Alice0046，文件的录制日期是 2043 年 12 月 31 日午夜，这时"黄金原野号"已经漂流了 21 天，距地球 3800 万千米。这也是爱丽丝最长的一次苏醒。这次麦克没能够通过网络进入飞船，只好连接到时代广场。

当灿烂的水晶球落下，"2044"的光字出现时，爱丽丝出现在大屏幕上，她微笑着挥手，祝地球新年快乐。

接着屏幕上播出了美国总统哈里森的新年讲话，他宣布启动"阿波罗Ⅱ"计划，建造高速太空飞船，对"黄金原野号"实施救援。这将是美国有史以来投入最大的太空计划。

世界欢腾起来，这是最难忘的一个新年。

2044年1月中旬，"黄金原野号"穿越火星轨道。

Alice0070，2044年10月27日，"黄金原野号"漂流第322天，距地球6亿千米。

这一天，因"爱丽丝的梦"而被历史记载。

这天是爱丽丝的苏醒日，麦克在飞船中等

待了 3 个多小时，看着爱丽丝慢慢从冬眠中醒来，她上次苏醒是 45 天前了。她慢慢睁开双眼，没有说话，也没有像以前那样对他微笑，只是静静地看着舷窗外面，似乎在看星星，又似乎在无目标地看着无限远处。她就这样沉默了好长时间，麦克和几亿人一起静静地陪伴着她，也不指望她说什么，觉得这样就很好。爱丽丝慢慢转过头看着麦克，那透过航天服面罩的纯净目光比以往哪次都像是直接对着自己，麦克的心跳加快了。

"我做了一个梦。"爱丽丝轻声说。

冬眠中，人的大脑活动应该完全停止了，但后来专家说，在冬眠开始和最后苏醒的阶段，也是可能做梦的。

"我梦见自己回到了一个没有人的地球，所有人都消失了，大陆都被森林和草原所覆盖。我走进了一座城市，街道和建筑都空荡荡的，高楼被绿色藤蔓包裹着，一切都那么安静，让人害怕。我走进一个长满杂草的广场，看到了一大片太阳能电池板，虽然上面布满了青苔，但好像还在运行，在给哪儿提供着电能。我顺着电缆寻找，进入了一个深深的地下室，在那里看到了一个长方体，大约有冰箱那么大。我认出了那是一台超级电脑，上面有一个指示灯亮着，表示它可能还在运行。旁边的一个工作台上有一块落满灰尘的显示屏，我用手指触了一下，显示屏亮了起来，显示出一行字：小心！内存里生活着100亿人！！

"然后我听到了一个声音，很怪的声音。我朝声音的方向望去，看到地板上有一只老鼠，好大的老鼠，它正在啃电缆，就是那条连接电脑和地面上的太阳能电池板的电缆！我想扑过去赶走它，但挪不动脚步，也发不出声……我就那么挣扎着，慢慢醒来。"

2044 年 11 月上旬，"黄金原野号"穿越小行星带。

Alice0129，2045 年 1 月 16 日，"黄金原野号"漂流第 403 天，距地球约 6.8 亿千米。

这本是普通的一天，麦克联网进入"黄金原野号"，一片寂静，爱丽丝在冬眠中。

VR 空间中突然出现了 Facebook 的窗口，里面有一条信息，来自西尔维亚——麦克已经交往一年多的女朋友："你在这里投入太深了，我在你心里的位置都被她占去了。"

麦克一时陷入慌乱中，他匆忙回答道："这……大家不都这样吗？"

"是的，都这样。"回答跟着一个哀怨的表情符。

从此，西尔维亚离开了他。

2045 年 5 月，"黄金原野号"穿越木星轨道。

Alice0250，2045 年 12 月 15 日，"黄金原野号"漂流第 736 天，距地球 12 亿千米。

麦克进入飞船，在沉睡的爱丽丝身边长久地沉默着。以往，每次来他都对爱丽丝说许多话，谈他卑微生活中的喜怒哀乐，谈他对未来的梦想，当然，说的最多的还是她上次进入冬眠以来世界上发生的事。他当然知道她听不到，即使她苏醒时也听不到，她不太可能从亿万个声音中调出他的，但他还是渴望对她倾述。但今天，他什么也说不出来，他不忍心把坏消息告诉她。

这是黑暗的一天，在国会参众两院的航天委员会、预算委员会和 NASA 举行了一系列听证会后，得出最后结论：经过两年多的高速漂流，"黄金原野号"飞船目前已经到了距地球 8 个天文单位（1 天文单位约等于 1.496 亿千米，编者注）的遥远距离，并且仍然以超过第三宇宙速度的速度继续离去，依靠人类现有的基于化学火箭发动机的航天技术，已经不可能实施任何有效的救援，继续进行耗资巨大的"阿波罗Ⅱ"计划是无意义的。

这个结论很快得到了总统和政府的认可，在下午的新闻发布会上，国家航天委员会主席、副总统艾伦宣布无限期推迟"阿波罗Ⅱ"救援计划。

"我们将继续向'黄金原野号'送去全人类的祝福，用原本要用于救援计划的资源在地球上建设更美好的生活，这将是对爱丽丝最好的安慰。"艾伦最后说。

现在麦克突然意识到，"阿波罗Ⅱ"计划可能从头到尾都是一个骗局，虽然政府和国会批准了巨额拨款，但按照预定的分期预算，前两年只划拨总预算的一小部分，巨额的经费要到今年才划拨，而这时他们想用这个结论让计划不了了之，显然认为公众舆论也只能默认这个既成事实。

"他们想错了！"麦克把这句话说出声来。

政治家们确实想错了，社会的反应与他们的预测正相反，艾伦讲话后，因失望引发的激愤像野火一般蔓延开来。

麦克摘下头盔，走出公寓来到街上，这是他半年来第一次走出家门，之前只通过网络VR与世界相连。外面的城市人声鼎沸，麦克本想去时代广场或中央公园，但交通拥堵，城市的中心地带出现了几百万人的游行。他只能来到附近的小公园里，这里也挤满了人，点燃了一片烛光的海洋。

事情持续发酵，动荡蔓延到全世界，公众的愤怒几近失控，最后以哈里森辞职结束，这是继尼克松以来第二位在任期内被弹劾下台的美国总统。

马丁继任总统，宣誓就职后仅两天就在国会发表讲话，没有任何多余的铺垫，他直截了当地向全世界宣布："新一届政府将放弃'阿波罗Ⅱ'救援工程，重启'猎户座'计划。"

这个宣布开始并没有引起什么反响，大部分人都处于茫然之中，只有在航天机构以及少数熟悉上世纪航天史的人们中爆发出欢呼声。随后，人们很快明白了"猎户座"计划的含义，欢呼声便扩展到全世界。

"猎户座"工程是美国在上世纪50年代的建造大型核动力飞船的计划，巨大的飞船由数千枚不断爆炸的核弹推动，可以运载40名宇

航员和上百吨物资，可以在百天内往返火星。这个气壮山河的航天计划于 1958 年发起，一直进行到 1965 年，因大气层核禁试相关条约等原因中止。

"猎户座"计划很快全面启动，麦克同地球上的几十亿人一起开始了漫长的等待。

"猎户座"计划同时在多个方向上展开研究，其中两个主要方向分别是：上世纪采用的核爆炸脉冲推进方案和采用核反应堆发动机的方案。

2047 年 1 月，"黄金原野号"越过土星轨道，距地球 15 亿千米。

这些年，麦克每次进入"黄金原野号"陪伴爱丽丝时，越来越频繁地透过后舷窗回望地球，这时的地球已经是一颗暗淡的星星，只有遮住同样暗淡的太阳才能看到它。每到这时，麦克都意识到一个残酷的事实：每过一秒，"黄金原野号"就要远离地球20多千米，这让他陷入越来越难以摆脱的恐惧和焦虑中。在爱丽丝间隔越来越长的苏醒日，麦克开始害怕见到她，在越过土星轨道时，她与地球通信的时滞已达一个多小时，这不断延长的时滞，标志着他们之间以令人绝望的速度不断拉开距离，他看着爱丽丝一天天坠入不见底的太空深渊。

2048年初，核爆炸脉冲推进方案宣布失败并中止研究，大量试验表明，没有材料能够长时间承受频繁的近距离核爆炸的冲击。人们把希望集中在核反应堆发动机方案上，至少这个方案是以比较成熟的技术为基础的。

麦克关注着"猎户座"计划的进展，与

全世界一起在希望的山峰和绝望的深谷间跌宕起伏。

3 年后，核反应堆发动机方案也宣布失败。"猎户座"计划在这个方案上进行了巨大的投入，但工程师们面临着与解决化学火箭发动机技术难题同样的问题：裂变发动机所产生的能量当然比化学燃料高许多，但对于救援"黄金原野号"的航行来说仍然不够。

这个晴天霹雳把世界推入绝望的深渊。这一夜，没有人再走上街头，城市比往日更加空旷，人们都在家里悲哀地沉默着，毕竟，能做的都做了。

Alice0412，2051 年 1 月 13 日，"黄金原野号"漂流第 2591 天，距地球 29 亿千米。

这是麦克在"黄金原野号"中待的最长的一次，近 10 个小时。这漫长的时间里他什么也没说，只是静静地坐在沉睡的爱丽丝身边。当他离开网络时，感到自己生命的一部分已经永远留在了"黄金原野号"上，对自己以后的人生感到一片茫然。

2051 年 2 月，"黄金原野号"越过天王星轨道。

就在"猎户座"计划面临彻底失败之际，一个意外的转机出现了：核聚变发动机的研究有了重大突破。在计划的众多研究方向里，核聚变方案是次要的一个，人们普遍认为这个方案成功的希望最小，毕竟可控核聚变是一个持续了一个世纪的难题。这个方案的研究一直没有受到关注，与那些主要方案相比，对它的投入也较小，但这也让研究团队处于压力较小的宽松的研究环境中。经过 3 年的努力，他们发现了实现低温核聚变的途径，其实现核聚变的温度介于传统的高温核聚变和神话般的冷核聚变之间，这使得核聚变发动机成为可能。

以后的"猎户座"计划是在与时间赛跑。现在，当人们通过网络进入"黄金原野号"飞船时，最关注的就是控制台上的那个透明的塑料盒，那里面放着飞船上所有的"冬神"药物。现在，盒中的"冬神"已减至最初数量的二分之一多一点儿了，如果不能冬眠，飞船上现有的生命维持资源的存量，最多只能让爱丽丝生存 6 天到 8 天。现在，留给"猎户座"计划的时间只有 12 年了。

2054 年 1 月，"黄金原野号"越过海王星轨道。

核聚变飞船的研究和建造虽然面临着巨

大的技术挑战，但仍在全世界的关注下稳步推进。

2055 年，核聚变发动机成功完成地面试运行；4 年后，"猎户座"飞船开始在地球轨道上组装；2061 年，飞船完成了多次无人和载人试航。

2062 年 3 月 5 日，在"黄金原野号"飞船发射后的第 19 年，"猎户座"飞船从地球轨道起航，开始了救援远航。在核聚变发动机强劲的加速下，"猎户座"飞船以相当于"黄金原野号"80 倍的速度航行，仅用 3 个月就走完了爱丽丝 19 年的航程。

网络越来越拥挤，麦克仍然无法与"黄金原野号"进行 VR 连接，看来他已经不可能在爱丽丝的身边经历这人类历史上最激动人心的时刻了。于是他转而登录到"猎户座"

飞船上，这也是他最近通过 VR 网络经常来的地方。

在飞船宽敞的驾驶舱中，他置身于救援队的五名宇航员中间，看着前面的大屏幕，上面一部分显示着"黄金原野号"上爱丽丝的影像，另一部分则是飞船正前方的太空。麦克一时忘记了 4 个多小时的时滞，感觉这一切就在他面前实时发生着。

前方已经可以看到"黄金原野号"了，它像一颗小小的金属种子悬浮在太空中，表面反射着"猎户座"飞船最后减速时发动机的光芒。

"对接准备完毕。"飞船中的一个声音说。

"爱丽丝，等着我们！"飞船的指令长说着对着屏幕上的爱丽丝挥挥手，但接着他的手臂却悬在空中不动了。

屏幕上的爱丽丝没有回应救援者的呼唤，

透过航天服的面罩可以看到，她的微笑渐渐消散，接着她的脸上所有的表情都消失了，她的目光似乎失去了目标，漠然地注视着前方。接下来影像消失，屏幕全黑，有一个声音从黑暗中传出。

"以下这段音频录制于地球时间2043年12月26日，是'黄金原野号'飞船发射后的第16天。"

麦克能确定这是爱丽丝的声音，但同过去19年中所听到的不一样，这声音虚弱无力，细若游丝，仿佛发出声音的那个生命已如风中的残烛，随时都会熄灭。

"我不知道现在是什么时间，但请注意，在2043年12月15日5点至现在的这段时段里，'黄金原野号'发出的所有信息均为智能模拟。从现在开始，飞船将发送真实的状态信息。"

所有人的目光都转向了一名宇航员，他负责救援行动中的医护工作，他看着另外几个屏幕上显示的信息说："目标飞船上的生命维持系统早在2043年12月28日就完全关闭了，飞船上，"他停顿了一下，用更低的声音说出了剩下的几个字，"没有生命迹象。"

麦克盯着越来越近的"黄金原野号"，飞船背景的星空在他眼中骤然变色，群星仿佛变成了一只寒冷的巨手攥紧了他的心脏。

沉默延续了一段时间，那个孱弱的声音又出现了。

"没有'冬神'，"19年前的爱丽丝说，"从来就没有过。'生命远景'公司虽然对冬眠药物进行了多年的研发，但从来没有成功。后来的'以太号'火箭却是成功的，它在发射后从来没有发生过故障，那失控的加速，以及由此造成的'黄金原野号'向外太空的漂移，都是按计划进行的，虽然这计划只有我和爸爸两个人知道。他本来没打算告诉我，我是在一次偶然的机会中得知的。本来他打算自己乘'黄金原野号'飞向外太空，我对他说应该我去，与他这个老男人相比，我更有可能实现他预想的目标。爸爸断然拒绝了我，但他心里知道我是对的，在痛苦的心理纠结中他出了车祸……我愿意相信那真是车祸。

"'黄金原野号'上的生命维持资源只能够让一个乘员存活 15 天左右，我现在只剩下很少的时间了，再次失去知觉应该就醒不过来了，所以录下了这段声音。当飞船检测到有其他的太空飞行器靠近时，这段音频文件会被播放，我想现在来的很可能是救援飞船，不管现在是哪个年代，也不管你们是谁，谢谢你们，谢谢所有的人。

"有一个传说：在一个大饥荒的年代，一

位老人在弥留之际把他的几个孩子叫到病榻前，告诉了他们一个自己保守终生的秘密——在村子后面的一片荒地里埋着大量的黄金。老人死后，他的孩子们就在那片荒地上疯狂地挖掘，最后发现黄金并不存在，但他们的挖掘把那片荒地开垦为良田，正是这片田地使孩子们在饥荒中生存了下来。

"现在，你们知道了这艘飞船名称的含义。"

这时，屏幕上又出现了图像，这是现在"黄金原野号"飞船内部的真实图像，只能看到舷窗，与之前 AI 生成的图像中那洁净的舷窗不同，它上面盖满了灰尘，已经几乎不透明了，但仍有一片星光透射进来。

爱丽丝最后说："请让我和'黄金原野号'一直航行下去吧，这是一个好的归宿，飞船飞向我和爸爸都想去的地方。"

麦克走出公寓，来到暗淡但真实的星空下，他没有抬头看，以后，星空将常驻在他心里。外面的人越来越多，但城市却出奇地安静，好像怕惊扰什么。

他听到近旁一个孩子低声问："她会飞到那些星星中间吗？"

"亲爱的，她已经在星星中间了。"孩子的母亲说。

"那里很远吧？"

"会越来越近的。"

麦克和周围的人们安静地等待着黎明，等待着重新开始的、更加广阔的生活。

启蒙意涵下的"寓言化"太空

——《黄金原野》赏析

姚利芬

　　刘慈欣一直以来对浩瀚星空怀有热忱的期待与向往,《黄金原野》是他获"雨果奖"后创作的近未来太空科幻小说,是他秉持的人类应当积极探索太空主张的文学演绎。小说围绕一家名为"生命远景"的公司对太空的探索实验展开,构想了一艘无法刹车的远航飞船、一个如雕像般沉睡的女神、一盒所谓的"冬神"药物,让全世界的心为之所动。

　　《黄金原野》(*Fields of Gold*)是刘慈欣受《麻省理工科技评论》(*MIT Technology Review*)特约撰写的科幻小说。该小说由美籍华裔科幻作家刘宇昆翻译，作为首篇被科幻选集《十二个明天》(2018年5月出版)收录。该选集特别邀请刘慈欣、刘宇昆、尼迪·奥科拉弗等荣获过星云奖、雨果奖等奖项的全球科幻大师来描写近未来技术方向科幻，小说中所设定的场景都是人类当下正在经历的未来——太空探索、人工智能、虚拟现实、脑植入、区块链、智能模拟……这些小说通过对科学及其具体进展的想象，以游戏的方式推测后果，其场景设定熟悉到足以使我们产生联想，但又陌生到足以令人不安。

　　《黄金原野》的故事并不复杂。在近未来，阿尔弗雷德·米勒的"生命远景"公司研发出一种名叫"冬神"的药物，可使服用者进入冬眠状态。"生命远景"公司计划将其用于太空航行，这样远航的飞船只需携带很少的供给资源。然而该发明一直没派上用场，因为自20世纪中叶人类登月以后，载人太空航行所到达的离地球最远的垂直距离，只是普通汽车三四个小时的路程。米勒不甘等待，转型投身航天领域，建造了巨大的"以太号"火箭以及"黄金原野号"飞船，并发布自己的载人登陆火星计划，可惜他在长岛的车祸中不幸遇难。其女爱丽丝继承父亲遗愿，毅然乘坐"黄金原野号"升空，飞向茫茫太空，以其独特的方式推动了人类航天事业的进步。刘慈欣在小说中用大段的物理知识作为整篇文章的奠基，为我们搭建了一个新的科幻世界框架，一艘无法刹车的远航飞船、一个如雕像般沉睡的女神、一盒所谓的"冬神"药物，让全世界的心为之所牵动。

一、太空书写与现实意涵

熟悉刘慈欣的读者一眼就可以看出，《黄金原野》是他最心爱的太空题材。作为近未来科幻作品，这部小说描述了与读者的生活息息相关的一幕——"如果我们不会因疾病和衰老而死，我们就会活到近未来科幻所描述的时代。"（美国作家查尔斯·斯特罗斯，Charles Stross）。而近年来国际航天领域掀起新一轮探索热潮更像是在循着《黄金原野》的设想一步步推进，各国争相发展火箭、卫星，发展载人航天技术，制订探索月球、火星的计划，希望进一步掌握太空的"机密"和资源。在 2021 年的全球航天探索大会上，中国表示未来将逐步建成地球-火星经济圈。就世界范围来看，维珍银河、蓝色起源、SpaceX 这类商业太空探索公司，正在将太空探索从各个国家的官方行为变为商业行为。2021 年 7 月，维珍银河与蓝色起源两家公司的创始人先后完成太空飞行，一切似乎昭示着全民太空旅行时代即将到来。

刘慈欣一直以来不讳言对浩瀚星空的向往与对人类走出地球的期待，在创作中也在不断践行着他的"太空理想"。在《流浪地球》中，人类面临太阳的灾难性爆发，建造了比珠峰还宏伟的发动机，把地球改造成一艘巨型飞船，离开太阳系寻觅新家园；在《中国太阳》中，来自黄土地的民工水娃步入 3.6 万千米高的同步轨道，为向地球反射阳光的"中国太阳"做镜面保洁，同只有眼球能动、思想却遨游太空的霍金畅谈宇宙的秘密；《三体》中的程心更是流浪至宇宙与时间的尽头，为人类留下不灭的火种。对刘慈欣来说，太空是人类向外探索宇宙，从中发现与拓展人类生存意义的核心象征，而他的所有作品，如他所言，莫不是对《2001 太空漫游》的拙劣模仿①。

2016 年，刘慈欣在接受科学松鼠会关于"太空探索"的主题采访时称，航天事业的启动和发展，需要让航天事业民营化，才能把航天市场带动起来。《黄金原野》中的"生命远景"公司便是一家致力于航天探索的民营公司。颇具戏剧意味的是，在大刘接受"太空探索"主

① 刘慈欣：我所有作品都是对《2001 太空漫游》的拙劣模仿！[EB/OL]. (2020-05-12) [2021-06-15]. https://www.sohu.com/a/394571616_764787.

题采访的四年之后（2020年），美国民营公司SpaceX的载人飞船成功返回地球，开启了民营航天的新纪元，让全球人都为之侧目。刘慈欣主张人类积极发展航天事业，但同时他对太空探索的危险与艰难有清醒的认知。小说中写到"生命远景"公司虽然对冬眠药物进行了多年的研发，但从来没有成功，这家公司也深陷于巨大的航天研发投入中，导致财力不济，不得不将"火星往返航行改为单程航行，后来又把登陆的目标由火星改为月球"，后来发现"即使是重返月球的目标也无法实现"。而"以太号"火箭在发射后，因失控致使加速，以及由此造成"黄金原野号"向外太空漂移，爱丽丝也因此牺牲。探索太空要严谨、科学，更需要无畏的牺牲精神。当我们回头看人类70多年的太空探索历史，会发现有不少宇航员已经进入过太空了。这些进入太空的宇航员不仅要忍受无尽的孤独，很多时候还要面临失去生命的威胁，根据记载，全世界范围内为了航天事业而牺牲的宇航员已经多达 22 人^①。

如上，刘慈欣在《黄金原野》中围绕"生命远景"公司的太空探索事业，塑造了"觉醒者""先驱者"和"殉道者"的形象。小说写道，米勒带领的"生命远景"公司从制药和生物工程领域起家，研制了人体冬眠药物，却宣布封存，以防人们"会用这种最方便的方式逃避现实，逃避责任"，这分明是迥异于世人的"人间清醒"。公司转而投身航天开发，尽管推进得并不顺畅，最后只完成了能载一人的小小的太空舱"黄金原野号"飞船，但仍无法阻挡先驱者的脚步以及殉道的热忱。科技的进步离不开殉道者。小说《朝闻道》中，主角丁仪作为对物理学怀揣极致热情的科学家，面对有可能带来宇宙真理的高等文明"排险者"时，与无数科学界同人一起以身殉道。在"先驱"与"殉道"的层面上，《黄金原野》中的爱丽丝和父亲米勒是一而二、二而一的群体

① 为航天事业牺牲的宇航员有 22 位，他们的尸体在太空中会腐烂吗？［EB/OL］．（2021-03-21）［2021-06-17］．https://baijiahao.baidu.com/s?id=1694577229666221952&wfr=spider&for=pc.

形象，构成"互文"关系，两者共同谱写了一曲宏阔悠远的太空悲歌。

二、寓言叙事与镜像映射

寓言叙事一直伴随人类历史，其象征阐释系统有其传统性和确定性。《黄金原野》以中国传统寓言故事《园中有金》架设点谕全篇，将其铺设于叙事深处，作为人物和意境升华的托举情节，以画龙点睛之笔感动了每一位读者。而小说《黄金原野》又何尝不是一则科幻寓言呢？

在这则万余字的"科幻寓言"故事中，刘慈欣将自己秉持的太空探索的理念幻化为创作意象。他在接受科学松鼠会的采访中称：改变现代社会有两大技术，一个是计算机技术、网络技术，另外一个就是航天技术。在《黄金原野》中，刘慈欣凸显了这两种技术对人类生活的影响，并分别抽绎出麦克和爱丽丝的形象，两者内外辉映，互为镜像。

对于计算机网络技术使得人类愈加步入内倾化发展，刘慈欣是有隐忧的，他多次在采访中表示人类越来越内向，缺乏探索宇宙的雄心将使人类最终整体蜷缩进一台超级电脑中。《黄金原野》借爱丽丝梦里的乡愁表达了他以往的这些担忧。爱丽丝梦见自己回到了一个没有人的地球，所有人都消失了。她进入一个深深的地下室，在那里看到一个长方体，她用手指触了一下旁边的工作台，显示屏亮了起来，显示出一行字："小心！内存里生活着100亿人！！"这个梦是爱丽丝给日夜通过虚拟现实陪伴她的守护神们的一个委婉警诫，也是一则反乌托邦黑暗寓言。小说中那只在地板上啃啮连接电脑和地面上太阳能电池板的电缆的大老鼠，无疑是刘慈欣对虚拟现实的终极形态及其后果的一个想象以及焦虑的映射。

在为《太空将来时》一书写的序言中，刘慈欣把探索太空的意义阐发得淋漓尽致："地球是一粒生机勃勃的尘埃，而它漂浮的这个广漠的空间却一直空荡荡的，就像一座摩天大楼中只有一个地下贮藏间的柜橱里住上了人。这个巨大的启示一直悬在我们上方，这无声的召唤振聋发聩，伴随着人类的全部历史。这个启示，就像 30 亿年前海洋给予那第一个可复制自己的有机分子的启示，已经把人类文明的使命宣示得清清楚楚。"故事中这则 100 亿人寄生虚拟社会的寓言是刘慈欣一直以来对人类命运的忧思的折射。人类所汲汲追逐的虚拟技术没有把大家带向一个美好幸福的世界，与此相反，生命变得如此龟缩内倾、脆弱之至。数字技术给人带来极大的方便，也成为新的造梦机器。越来越多传统的实体领域被虚拟化，人们足不出户就可以坐享一切便利，可以在虚拟世界中尽情娱乐，享受恍若置身外太空的场景，不用承担为此而来的艰难与风险。像小说中的麦克，半年才走出一次家门，之前只通过网络 VR 与世界相连。如此一来，人类会不会变得越来越内向，越来越消磨意志，越来越失去行动的勇气与能力？

与对"内倾化"的技术文化趋势思考相映射的是，我们看到刘慈欣的创作呈现出不断向外探索的"外向化"倾向。实际上，在向外太空探索的进路中，这种带有内倾化文化的技术能起到很强的支撑作用。在"黄金原野号"驶向太空的过程中，爱丽丝的命运牵动了上亿地球人的心，包括麦克在内的地球人通过网络与虚拟现实设备时刻关注飞船的状态，宛如置身太空舱内守护着这位"天使"。美中不足之处在于，作品未能描绘出"内倾化"技术在"外向化"探索旅程中更深入的交互，麦克和爱丽丝止于"盈盈一水间，脉脉不得语"的守望。类似的场景像《带上她的眼睛》中，刘慈欣设想了一种传感眼镜，当你戴上它时，你所看到的一切图像由超高频信息波发射出去，可以被远方的另一个戴同样传感眼镜的人接收到，就像你带着他的眼睛一样。这篇小说与《黄金原野》不同的是，它详尽描绘了身处地心的年轻的女领航员和地上旅行者的交互。不过，刘慈欣最终要表达的不是对虚拟现实技术的否定，而是认为人类文明需要内外兼修，多元发展，践行一条太空版的"内圣外王"之路。在作品中，虚拟现实昭显了其积极的一面。通过虚拟现实技术而身临"黄金原野号"太空舱现场的朝夕相处，让麦克等地球同人对爱丽丝的命运产生了强烈的认同，也使人类拧成一股绳，最终形成强大的力量，推动了太空技术的突破以及对爱丽丝的救援计划的实施。

三、结论

《黄金原野》是刘慈欣关于太空开发理念的绝佳诠释之作，其阐明了作为自诩拥有高级文明的人类，应当在宇宙中扮演什么样的角色。小说也汇集了诸多习见的科幻元素："冰冻技术""飞船""航天"等。而我们可以从中看到之前刘慈欣作品的影子："冬神"药物来自《2018》《时间移民》里的无限制的冬眠技术；

低温核聚变的研发来源于《流浪地球》；爱丽丝的梦里人类未来寄于计算机内存的情节来自《中国2185》的虚拟国土；飞船上的爱丽丝形象来自《带上她的眼睛》里"落日六号"的领航员以及《中国太阳》里飞向星海的水娃的形象。这些熟悉的科技元素抑或是人物意象群的重复运用，在一定程度上会使读者减弱惊异感，而惊异感恰恰是科幻小说的灵魂所在。

尽管如此，《黄金原野》仍然不失为一篇佳作，其以真实感极强的技术书写，简洁、冷峻、克制的讲述，必要处不失温暖动人的笔触，延续了刘慈欣一贯的史诗般的浪漫情怀。小说讲述了一个浪漫、安静，又为热情的火焰温暖着，直至燃烧、升腾的科幻故事，读之，一种殉道者的理想主义的情感充斥心间，而小说也终以宏大的叙事气象取胜。

（姚利芬：中国科普研究所副研究员、中国科普作家协会科幻创作研究基地常务副秘书长）

启蒙意涵下的「寓言化」太空——《黄金原野》赏析

鲸　歌

刘慈欣

　　沃纳大叔站在船头，望着大西洋平静的海面沉思着。他很少沉思，总是不用思考就知道怎样做，不假思索就直接去做，现在看来事情确实变难了。

　　沃纳大叔完全不是媒体所描述的那种恶魔形象，而是一副圣诞老人的样子。除了那双犀利的眼睛，他那圆胖的脸上总是露着甜蜜而豪爽的笑容。他从不亲自带武器，只是上衣口袋里装着一把精致的小刀。他用它既削水果又杀人，干这两件事时，他的脸上都露着这种笑容。

沃纳大叔的这艘 3000 吨的豪华游艇上，除他的 80 名手下和两个皮肤黝黑的南美女郎外，还有 25 吨的高纯度海洛因，这是他在南美丛林中的提炼厂两年生产的产品。两个月前，哥伦比亚政府军包围了提炼厂，为了抢出这批货，他的弟弟和另外 30 多个手下在枪战中身亡。他急需用这批货换回的钱再建一个提炼厂，这次可能建在玻利维亚，甚至亚洲金三角，以使自己苦心经营了一生的毒品帝国维持下去。但直到现在，已在海上漂泊了一个多月，货却 1 克都没能运进美国大陆。从海关进入根本不可能，自从中微子探测器发明以来，毒品是绝对藏不住的。一年前他们曾把海洛因铸在每块十几吨重的进口钢坯的中心，却还是被轻而易举地查了出来。后来，沃纳大叔想了一个很绝妙的办法：用一架轻型飞机，通常是便宜的赛斯纳型，载着大约 50 千克的货从迈阿密飞入，一过海岸，飞行员就身上绑着货跳伞。这样虽然损失了一架小飞机，但那 50 千克货还是有很大赚头。这曾经是一个似乎战无不胜的办法，但后来美国人建起了由卫星和地面雷达构成的庞大的空中监视系统，这系统甚至能发现并跟踪跳伞的飞行员，以至于沃纳大叔的那些英勇的小伙子们还没着地就发现警察在地面上等着他们。后来沃纳大叔又试着用小艇运货上岸，结果更糟：海岸警卫队的快艇全部装备着中微子探测器，只要在 3000 米之内对小艇扫描，就能发现它上面的毒品。沃纳大叔甚至想到了用微型潜艇，但美国人完善了"冷战"时期的水下监测网，潜艇在距海岸很远的地方就能被发现。

现在，沃纳大叔束手无策了，他恨科学家，是他们造成了这一切。但从另一方面想，科学家也同样能帮助自己。于是，他让在美国读书的小儿子做这方面的努力，告诉他不要舍不得钱。今天上午，小沃纳从另一艘船上了游艇，告诉父亲他找到了要找的人："他是个天才，爸爸，是我在加州理工大学认识的。"

沃纳的鼻子轻蔑地动了动："哼，天才？你在加州理工已经浪费了三年时间，并没有成为天才。天才真那么好找吗？"

"可他真是天才，爸爸！"

沃纳转身坐在游艇前甲板的一张躺椅上，掏出那把精致的小刀削着一个菠萝。那两个南美女郎走过来在他肉乎乎的肩膀上按摩着。小沃纳领来的人一直远远地站在船舷边看大海，这时那人走了过来。他看上去惊人地瘦，脖子像一根细棍，细得很难让人相信能支撑得住他那大得不成比例的头，这使他看起来多少有些异类的感觉。

"戴维·霍普金斯博士，海洋生物学家。"小沃纳介绍说。

"听说您能帮我们的忙，先生。"沃纳脸上带着他那圣诞老人的笑说。

"是的，我能帮您把货运上海岸。"霍普金斯脸上毫无表情地说。

"用什么？"沃纳懒洋洋地问。

"鲸。"霍普金斯简短地回答。这时小沃纳挥了一下手，他的两个手下抬来一件奇怪的东西。这是一个透明的小舱体，用类似透明塑料的某种材料做成，呈流线型，高1米，长2米。舱体的空间同小汽车里差不多大，里面有两个座位，座位前有带着一个微型屏幕的简单仪表盘，座位后面还有一定的空间，显然是为了放货用的。

"这个舱体能装两个人和约1吨的货。"霍普金斯说。

"那么这玩意儿如何在水下走 500 千米到达迈阿密海岸呢？"

"鲸把它含在嘴里。"

沃纳狂笑起来，他那由细尖变粗放的笑用来表达几乎所有的感情：高兴、愤怒、怀疑、绝望、恐惧、悲哀……每次的大笑都一样，代表什么只有他自己知道。"妙极了，孩子，那么我得付给那头鲸鱼多少钱，它才能按我们说的方向游到我们要去的地点呢？"

"鲸不是鱼，它是海洋哺乳动物。您只需要把钱付给我，我已在那头鲸的大脑中安放了生物电极，在它的大脑中还有一台计算机接收外部信号，并把外部信号翻译成鲸的脑电波信号，这样在外部可以控制鲸的一切活动，就用这个装置。"霍普金斯从口袋中拿出了一个电视遥控器模样的东西。

沃纳更剧烈地狂笑起来："哈哈哈哈……

这孩子一定看过《木偶奇遇记》，哈哈……啊……哈哈……”他笑得弯下了腰，喘不过气来，手里的菠萝掉在地上，“……哈哈……那个木偶，哦，匹诺曹，同一个老头儿让一头大鱼吃到肚子里……哈哈……”

“爸爸，您听他说下去，他的办法真能行！”小沃纳请求道。

“……啊哈哈哈……匹诺曹和那个老头儿在鱼肚子里过了很长时间，他们还在那里面……哈哈哈哈……在那里面点蜡烛……哈哈哈哈……”

沃纳突然止住了笑，他的狂笑消失之快，就像电灯被关掉电源那样，可圣诞老人的微笑还留着。他问身后的一个女郎：“匹诺曹说谎后，怎么来着？”

“鼻子变长了。”女郎回答说。

沃纳站起来，一手拿着削菠萝的小刀，一

手托起霍普金斯的下巴，研究着他的鼻子，后者平静地看着他。"你们看他的鼻子在变长吗？"他微笑着问女郎们。

"在变长，大叔！"她们中的一个娇滴滴地说，显然看别人在沃纳大叔手下倒霉是她们的一种乐趣。

"那我们帮帮他。"沃纳说着。他的儿子来不及阻拦，那把锋利的小刀就把霍普金斯的鼻子尖切下一块。血流了出来，但霍普金斯仍是那么平静，沃纳放开他的下巴后，他仍垂手站在那儿，任血向下流，仿佛鼻子不是长在他的脸上似的。

"把这个天才放到这玩意儿里面，扔到海里去。"沃纳轻轻地挥了一下手。当两个南美大汉把霍普金斯塞进透明小舱后，沃纳把那个遥控器拾起来，从小舱的门递给霍普金斯，就像圣诞老人递给孩子一个玩具那样亲切。"拿着，叫来你那宝贝鲸鱼……哈哈哈……"他又狂笑起来。当小舱在海中溅起高高的水花时，他收敛笑容，显出少有的严肃。

"你迟早得死在这上面。"他对儿子说。

小舱在海面上随波起伏，像一个气泡那样脆弱而无助。

突然，游艇上的两个女郎惊叫起来，在距船舷200多米处，海面涌起了一个巨大的水包，那水包以惊人的速度移动着，很快从正中分开化为两道巨浪，一条黑色的山脊在巨浪中出现了。

"这是一头蓝鲸，长48米，霍普金斯叫它'波塞冬'，希腊神话中海神的名字。"小沃纳伏在父亲耳边说。

山脊在距小舱几十米处消失了，接着它巨大的尾巴在海面竖立起来，像一面黑色的巨帆。很快，蓝鲸的巨头在小舱不远处出现，巨

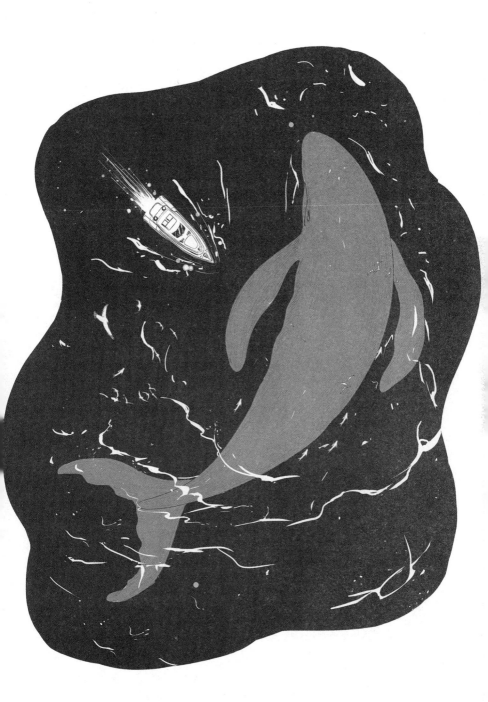

头张开大嘴，一下把小舱吞了进去，就像普通的鱼吃一块面包屑一样。然后，蓝鲸绕着游艇游了起来，那座生命的小山在海面庄严地移动，激起的巨浪冲击着游艇，发出轰轰的巨响。在这景象面前，即使像沃纳这样目空一切的人也感到了一种敬畏，那是人见到了神的感觉，这是大海神力的化身，是大自然神力的化身。蓝鲸绕着游艇游了一圈后，转向，径直朝游艇冲来。它的巨头在船边伸出海面，船上的人清楚地看到它那粘着蚌壳的礁石般粗糙的皮肤，这时他们才真正体会到蓝鲸的巨大。接着蓝鲸张开了大嘴，把小舱吐了出来，小舱沿着一条几乎水平的线掠过船舷，滚落在甲板上。舱门打开，霍普金斯爬了出来，他鼻子上流出的血已把胸前的衣服湿了一片，但除此之外安然无恙。

　　"还不快叫医生来，没看到匹诺曹博士受

伤了吗?!"沃纳大叫起来,好像霍普金斯的伤同他无关似的。

"我叫戴维·霍普金斯。"霍普金斯庄严地说。

"我就叫你匹诺曹。"沃纳又露出他那圣诞老人的笑。

几个小时后,沃纳和霍普金斯钻进了透明小舱。装在防水袋中的1吨海洛因放在座位后面。沃纳决定亲自去,他需要冒险来激活他血管中已呆滞的血液,这无疑是他一生中最刺激的一次旅行。小舱被游艇上的水手用缆绳轻轻放到海面上,然后游艇慢慢地驶离小舱。

小舱里的两个人立刻感到了海的颠簸,小舱有二分之一露出水面,大西洋的落日照进舱里。霍普金斯按动遥控器上的几个键,召唤蓝鲸。他们听到远处海水传来低沉的搅动声,这声音越来越大，蓝鲸的大嘴出现在海面上，向他们压过来。小舱好像被飞速吸进一个黑洞中，光亮的空间迅速缩小，变成一条线，最后消失了，一切都陷入黑暗中，只听到"咔"的一声巨响，那是蓝鲸的巨牙合拢的撞击声。接着是一阵电梯下降时的失重感，表明蓝鲸在向深海潜去。

"妙极了，匹诺曹……哈哈哈……"沃纳在黑暗中又狂笑起来，表示或掩盖他的恐惧。

"我们点上蜡烛吧，先生。"霍普金斯说，他的声音听起来快乐自在，这是他的世界了。沃纳意识到了这点，恐惧又加深了一层。这时，小舱里的一盏灯亮了起来，灯在小舱的顶部，发出蓝幽幽的冷光。

沃纳首先看到的是小舱外面的一排白色的柱子，那些柱子有一人多高，从底部向头部渐渐变尖，上下交错组成了一道栅栏。他很快意识到这是蓝鲸的"牙齿"。小舱似乎被放在一片柔软的泥沼上，那泥沼的表面还在不停地蠕动。上方像一个拱顶，可以看到一道道由巨大骨骼构成的拱梁。"泥沼地面"和上方的拱梁都向后倾斜，到达一个黑色的大洞口，那洞口也在不断地变换着形状。沃纳又开始神经质地大笑了，他知道那洞口是蓝鲸的嗓子眼。周围飘着一层湿雾，在灯的蓝光下，他们仿佛置身于神话里的魔洞中。

小舱里的小屏幕上显示出一幅巴哈马群岛和迈阿密海区的海图，霍普金斯开始用遥控器"驾驶"蓝鲸，海图上一条航迹开始露头，它精确地指向迈阿密海岸沃纳要去的地方。"航程开始了，波塞冬的速度很快，我们 5 个小时左右就能到达。"霍普金斯说。

"我们在这里不会闷死吧？"沃纳尽量不显出他的担心。

"当然不会，我说过鲸是哺乳动物，它也呼吸氧气，我们周围有足够的氧气，通过一个过滤装置我们就可以维持正常的呼吸。"

"匹诺曹，你真是个魔鬼！你怎么做到这一切的？比如说，你怎样把控制电极和计算机放进这个大家伙的脑子中的？"

"一个人是做不到的。首先需要麻醉它，所用的麻醉剂有 500 千克。这是一个耗资几十亿元的军事科研项目，我曾是这个项目的负责人。波塞冬是美国海军的财产，在'冷战'时期用来向华约国家的海岸输送间谍和特种部队。我还主持过一些别的项目，比如，在海豚或鲨鱼的大脑中埋入电极，然后在它们身上绑上炸弹，使它们变成可控制的鱼雷。我为这个国家做了很多的事情，可后来，国防预算削减了，他们就把我一脚踢出来。我在离开研究院的时候，把波塞冬也一起带走了。这些年来，我和它游遍了各个大洋……"

"那么，匹诺曹，你用你的波塞冬干现在这件事，有没有道德上的，嗯，困扰呢？当然你会觉得我谈道德很可笑，但我在南美的提炼厂里有很多化学家和工程师，他们常常有这种困扰。"

"我一点儿没有，先生。人类用这些天真的动物为他们肮脏的战争服务，这已经是最大的不道德了。我为国家和军队做出了巨大的贡献，有资格得到我想要的东西，既然社会不给，只好自己来拿。"

"哈哈哈哈……对，只好自己拿！哈哈哈……"沃纳笑着，突然止住，"听，这是什么声音？！"

"是波塞冬的喷水声，它在呼吸。小舱里装有一个灵敏的声呐，能放大外面的所有声音。听……"

一阵嗡嗡声，夹杂着水击声，由小变大，然后又变小，渐渐消失。

"这是一艘万吨级的油轮。"霍普金斯解释说。

突然，前面两排巨牙缓缓动了起来，海水汹涌地涌了进来，发出轰轰的巨响，小舱很快被浸在水中。霍普金斯按动一个按键，小屏幕上的海图消失了，代之以复杂的波形，这是蓝鲸的脑电波。"哦，波塞冬发现了鱼群，它要吃饭了。"蓝鲸的嘴张开了一个大口，小舱面对着深海漆黑的无底深渊。突然，鱼群出现了，它们蜂拥着进入大口，猛烈地冲撞着小舱。小舱中的两个人面前，全是在灯光中闪着耀眼银光的鱼群，它们并不知道自己的命运，觉得这只是一个大珊瑚洞而已。"咔"的一声巨响，透过纷飞的鱼群，可隐约看到巨牙合拢了。但蓝鲸巨大的嘴唇还开着，这时响起一阵

水流的尖啸声，鱼群突然倒退，退到巨牙的栅栏时被堵住。沃纳很快意识到这是鲸嘴里的海水在向外排，巨大的气压在把同鱼群一起冲入的海水压出去。他惊奇地看到，在鲸嘴产生的巨大压力下，水面垂直着从小舱边移过去。很快，鲸嘴里的海水排空了，吸入的鱼群变成乱蹦乱跳的一堆，堆在巨牙的栅栏前。小舱下的柔软的"地面"开始蠕动，这蠕动在"地面"上形成了一排排飞快移动的波状起伏，鱼堆随着这起伏向后移去。当沃纳明白了这是在干什么时，恐惧使他从头冷到了脚。

"放心，波塞冬不会把我们咽下去的。"霍普金斯明白沃纳恐惧的原因，"他能识别出我们，就像您吃瓜子能识别出皮和仁儿一样。小舱对它进食会有一定的影响，但它已习惯了。有时候鱼群很大，它在吃之前可暂时把小舱吐出来。"

沃纳松了一口气，他还想狂笑，可已没有力气了。他呆呆地看着鱼堆慢慢地移过了纹丝不动的小舱，移向后面那黑暗的大洞。当两三吨重的那堆鱼在蓝鲸巨大的喉咙里消失时，响起了一阵山崩似的声音。

　　震惊使沃纳呆呆地沉默着，就这样过了很长时间。霍普金斯突然推了推他："听音乐吗？"说着他放大了声呐扬声器的音量。

　　沃纳听到了一阵低沉的隆隆声，他不解地看着霍普金斯。

　　"这是波塞冬在唱歌，这是鲸歌。"

　　渐渐地，沃纳从这低沉的时断时续的轰鸣声中听出了某种节奏，甚至又听出了旋律……"它干什么，求偶吗？"

　　"不全是。海洋科学家们研究鲸歌有很长时间了，至今仍无法明了其含义。"

　　"可能根本没有什么含义。"

"恰恰相反，含义太深了，深到人类无法理解。科学家们认为这是一种音乐语言，但同时表达了许多人类语言难以表达的东西。"

鲸歌在响着，这是大海的灵魂在歌唱。鲸歌中，上古的闪电击打着原始的海洋，生命如萤火在混沌的海水中闪现；鲸歌中，生命睁着好奇而畏惧的眼睛，用带着鳞片的脚，第一次从大海踏上火山还没熄灭的陆地；鲸歌中，恐龙帝国在寒冷中灭亡，时光飞逝，沧海桑田，智慧如小草，在冰川过后的初暖中萌生；鲸歌中，文明幽灵般出现在各个大陆，亚特兰蒂斯在闪光和巨响中沉入洋底……一次次海战，鲜血染红了大海；数不清的帝国诞生了，又灭亡了，一切的一切都是过眼烟云……蓝鲸用它那古老得无法想象的记忆唱着生命之歌，全然没有感觉到它含在嘴中的渺小的罪恶……

蓝鲸于午夜到达迈阿密海岸。以后的一切都惊人地顺利。为避免搁浅，蓝鲸在距海岸200多米处停了下来。今夜月亮很好，沃纳和霍普金斯可清楚地看到岸上的棕榈树丛。接货的人有8个，都穿着轻便潜水服，他们很顺利地把这1吨货运到了岸上，并爽快地付了沃纳报出的最高价，还许诺以后有多少要多少。他们很惊奇这两个人和那个透明小舱能穿过严密的海上防线，甚至一开始不知他们是人是鬼（这时霍普金斯已操纵波塞冬远远游开了）。半小时后，接货的人已走远，霍普金斯唤回了蓝鲸，带着满满两手提箱美元现钞，他们踏上了归程。

　　"好极了，匹诺曹！"沃纳兴高采烈地说，"这次的收入全归你，以后的收入我们再按比例分成。你已经是一个千万富翁了，匹诺曹！……哈哈哈……我们还要跑20多趟才能把 20 多吨的货都出手。"

"可能用不了那么多趟，我觉得经过一些改进，我们一次可带 2 到 3 吨。"

"哈哈哈哈……好极了，匹诺曹！"

在海下平静的航程中，沃纳睡着了。不知过了多长时间，他被霍普金斯推醒，他看看小屏幕上的海图和航迹，发现航程已走了三分之二，似乎没有什么异常。霍普金斯让他注意听，他听到了一艘海面航船的声音，在之前的航程中这已司空见惯，他不解地看看霍普金斯。但接着听下去，他知道事情不对：与之前不同，这次声音的大小没有变化。

那艘船在跟着蓝鲸。

"多长时间了？"沃纳问。

"有半小时了，这期间我变换了几次航向。"

"怎么会呢？海岸警卫队的巡逻艇不会对

一头鲸进行中微子扫描的。"

"扫描又怎样，鲸上现在并没有毒品。"

"而且，要想收拾我们，在迈阿密海岸最方便，为什么要等到这时？"沃纳迷惑不解地看看屏幕上的海图，他们已越过了佛罗里达海峡，现在接近古巴海岸。

"波塞冬要换气了，我们不得不浮上海面，只十几秒就行了。"霍普金斯拿起了遥控器，沃纳慢慢地点点头。霍普金斯按动遥控器，他们感到一阵超重，蓝鲸上浮了，很快，他们听到了一阵浪声，蓝鲸在海面上了。

突然，声呐中传来了一声闷响，小舱里感觉到一阵振动。接着又一声同样的响声，这次蓝鲸的振动变得疯狂起来，小舱在鲸嘴里来回滚动，几次重重地撞在巨"牙"上，发出了一阵破裂声，两个人几乎被撞昏过去。

"那船向我们开炮了！"霍普金斯惊叫道。

他用遥控器极力稳住了蓝鲸，然后发出了下潜的指令，但蓝鲸没有执行这个指令，仍在海面上无目标地狂奔。霍普金斯感到了一阵颤抖，那颤抖发自蓝鲸庞大的身躯，这是疼痛的颤抖。

"我们快出去，不然就晚了！"沃纳大叫。

霍普金斯发出了吐出小舱的指令，这次蓝鲸执行了，小舱从它的嘴里以惊人的速度冲了出去，并很快浮上了海面。朝阳已在大西洋上升起，阳光使他们一时眯起了双眼。但他们很快发现自己的双脚浸在水中，刚才在鲸"牙"上的猛烈撞击已把小舱撞出了几个破口，海水涌了进来。整个小舱已严重变形，他们拼尽了全力也没能拉开舱门逃生。他们开始用一切可找到的东西堵破口，甚至用上了手提箱中那一捆捆的钞票，但没有用，海水继续涌进来，很快小舱中的水就有齐胸深了。在小舱下沉前的

一刻，霍普金斯看到了那艘船，那是一艘很大的船，他还看到了船头那门形状奇怪的炮，看到了炮口火光一闪，看到了那发箭状的带绳子的炮弹击中了挣扎着的蓝鲸的脊背。蓝鲸用最后的力气在海面翻起了巨浪，它的鲜血已使一大片海面变成了红色……小舱下沉了，在蓝鲸茫茫的红色的血雾中沉下去。

"我们死在谁手里？"当水已淹到下巴时，沃纳问。

"捕鲸船。"霍普金斯回答。

沃纳最后一次狂笑起来。

"国际公约早在五年前就全面禁止捕鲸了！这群坏蛋！！"霍普金斯破口大骂。

沃纳继续狂笑着："……哈哈哈哈……他们不讲道德……哈哈哈哈……社会不给他们……哈哈哈哈……他们自己来拿……哈哈……自己来拿……"

海水淹没了小舱中的一切，在残存的意识中，霍普金斯和沃纳听到了蓝鲸波塞冬又唱起了凝重的鲸歌，那生命最后的歌声穿透血色的海水，在大西洋中久久地回荡，回荡……

技术之下，生态之上

——《鲸歌》赏析

贺　江

　　《鲸歌》是刘慈欣最早发表的小说，包含着刘慈欣科幻小说的两个基本命题：技术和生态意识。技术是一把双刃剑，在推进人类社会发展的同时，也带来了负面的影响。刘慈欣是一名技术主义者，他推崇科技的力量，但也通过"鲸歌"对科技的负面结果进行了反思，体现了他强烈的生态意识和人文关怀。

《鲸歌》并不是刘慈欣最早创作的小说，却是他最早发表的小说。1999年6月，《科幻世界》刊载短篇小说《鲸歌》《微观尽头》，标志着刘慈欣长达十多年的无声耕耘终于有了结果。

《鲸歌》的故事情节很简单，主人翁沃纳大叔是一名毒贩，他想尽办法试图把25吨海洛因偷运到美国，为此，沃纳大叔的儿子物色了海洋生物学家霍普金斯来帮忙。霍普金斯采用现代新技术控制了一头大鲸，利用它把1吨毒品成功地运到了美国。在返回的途中，鲸被捕鲸者捕获，两名毒贩全都命丧大海。这样一个看似简单的故事，其内涵却非常丰富，它同时也包含着两个基本命题：技术和生态意识。

一、科技是一种什么样的力量

人类发展离不开科技的进步，科幻小说的发展也同样离不开科技。以科技为载体，创造出一个色彩斑斓的科幻世界，一直都是科幻小说家的任务。但科技到底是一种什么样的力量？人类到底该怎样合理地利用？这也是科幻小说家们不得不面对的问题。刘慈欣同样对此有所反思。《鲸歌》看似是一则简单的贩毒故事，但科技在其中的作用却很大。一方面，毒贩沃纳大叔利用高科技来贩毒挣钱，比如利用飞机运送毒品到美国，并多次成功；但另一方面，科技也为缉毒提供了便利。比如美国利用中微子探测器建立的庞大的监视系统能扫描并跟踪毒品，这就导致了小说一开始沃纳大叔的困境：怎样才能把毒品运到美国去？沃纳大叔把希望寄托在高科技上，相信科学最终能够帮助自己。于是，他让自己的小儿子帮忙找一些科学家，小沃纳最终把霍普金斯博士介绍给了父亲。

当海洋生物学家霍普金斯告诉沃纳大叔用鲸可以把毒品运到美国时，沃纳大叔觉得很荒谬，因为他认为鲸是不可控制的。这时科技的力量就体现出来了，霍普金斯告诉沃纳大叔，他通过在鲸的大脑中安放生物电极和计算机翻译器，就可以在外部控制鲸的一切活动。沃纳大叔最开始不相信霍普金斯的说法，把霍普金斯看成是童话里爱撒谎的匹诺曹，认为其是专门过来骗人的，他让人把霍普金斯塞进小舱并丢进大海里。而当霍普金斯用遥控器把鲸召唤过来，并安全地从大海中返回到游艇上时，沃纳大叔终于相信可以用鲸来运送毒品。

《鲸歌》对第一次用鲸运送毒品的经过有详细的描写，这种描写纯粹是刘慈欣的想象，却刻画得无比真实，细节尤为生动。尤其是关于鲸吞食时的描写，可以体现出刘慈欣对小说细节的高度重视。在《球状闪电》的后记中，刘慈欣曾经详细解释了为何要注重科幻小说中的细节描写："创造一个在所有细节上都栩栩如生的想象世界是十分困难的，需要深刻的思想，需要在宏观和微观上都强劲有力、游刃有余的想象力，需要从虚无中创世纪的造物主的气魄，而后面两项，恰恰是我们的文化所缺乏的。但如果我们一时还无力创造整个世界，是否能退而求其次，先创造其中的一个东西呢？"①用技术来构建一个"真实"的世界，用对技术的真实描写来表现可能的现实，这是刘慈欣创作的一个常用手段。

刘慈欣是一个技术主义者。在 2007 年中国（成都）国际科幻·奇幻大会期间，刘慈欣和江晓原教授曾经有过一场十分精彩的对谈。刘慈欣态度坚决地宣称："我是一个疯狂的技术主义者，我个人坚信技术能解决一切问题。"②因此，如果探究刘慈欣的小说，我们可以发现，技术是一个很有用的"武器"，它能够让人类通过对新技术的不断掌握而建立自信，不断地开疆拓土。在"三体"世界里，人类对抗三体人，能够在外太空生存下来，不也是依靠着新技术吗？

但技术是一把双刃剑，使用不当会给人类

---

① 刘慈欣. 球状闪电［M］. 成都：四川科学技术出版社，2015：281.

② 刘慈欣，江晓原. 为什么人类还值得拯救［J］. 新发现，2007（11）.

带来巨大的危害，比如切尔诺贝利核事故，以及用于制造杀伤性武器的那些高科技。在《鲸歌》中，先进的科学技术被贩毒分子所利用，他们把毒品装在鲸的嘴里，并成功地把毒品运到了美国，但事情的结果却出人意料。当毒贩乘着鲸返回时，却被捕鲸船捕获，最终命丧大海。这样的结局表明，刘慈欣对那些利用新技术来做坏事的人是持否定态度的，但另一方面，也透露出刘慈欣的生态意识。

二、鲸歌是一曲生态之哀歌

《鲸歌》的主题是生态保护，技术在小说中仅仅是体现刘慈欣生态意识的载体。小说结尾毒贩命丧大海并不是因为他们被缉毒者发现，而是因为被捕鲸船所捕获。当沃纳大叔所乘坐的鲸浮上海面换气时，被追踪它的捕鲸船开炮射中，霍普金斯在鲸身上所设定的控制系统被破坏，他们的小舱进了水，并最终沉入大海。

临死时，他们听到鲸唱起了鲸歌。"海水淹没了小舱中的一切，在残存的意识中，霍普金斯和沃纳听到了蓝鲸波塞冬又唱起了凝重的鲸歌，那生命最后的歌声穿透血色的海水，在大西洋中久久地回荡，回荡……"

捕鲸具有悠久的历史。据考证，捕鲸活动最早可追溯到公元前6000年。由于受各种条件的限制，最早的捕鲸活动仅限于近岸水域。16世纪，欧洲的巴斯克人最早从事商业化的捕鲸活动，这个产业持续了几个世纪。17世纪时，荷兰人和英国人也加入了捕鲸的行列。19世纪，由于对鲸油的需求大幅上升，再加上工业革命中捕鲸技术的极大提高，捕鲸业高度繁荣。截至1850年，海上大约有1000艘捕鲸船和7万人参与捕鲸活动。①

人类疯狂的捕鲸活动使得鲸的种群逐步走向灭绝，严重破坏了海洋生态的平衡。于是，

① Johan Hjort. *A brief history of whaling* [J]. http://journals.cambridge.org.1932: 3.

从 1931 年开始，主要的捕鲸国家开始对"限制捕鲸"进行讨论，并于 1946 年签署了《国际捕鲸公约》，对捕鲸的种类、捕鲸的区域都进行了规范，还成立了国际捕鲸委员会。随着人类环保意识的加强，1986 年，国际捕鲸委员会还宣布，自当年捕鲸季节过后无限期地中止商业性捕鲸活动，但一些国家以科学研究的名义仍在进行捕鲸，比如日本和冰岛。他们的捕鲸行为遭到了绿色和平组织和其他的一些环境保护团体的反对，但捕鲸行为仍然屡禁不止。

《鲸歌》中，捕鲸船对沃纳大叔所乘坐的蓝鲸的猎杀就是这一行为的写照。沃纳大叔万万没有想到，躲得过美国高科技的监控，却躲不过一艘捕鲸船。这里也透露出刘慈欣对生态危机的一种担心。无论人类如何禁止捕鲸，都阻止不了非法的捕鲸行为。小说中关于"鲸歌"的描写值得我们深思。《鲸歌》中一共有两处写到"鲸歌"。除了前面引用到的，还有一处关于鲸歌的描写。霍普金斯用声呐扬声器放着鲸发出的叫声，沃纳大叔问这代表着什么，霍普金斯说，这是鲸歌，人类至今无法理解。但是，紧接着，刘慈欣就对鲸歌做出了生动的阐释。在刘慈欣看来，鲸歌代表着大海的灵魂："鲸歌在响着，这是大海的灵魂在歌唱。鲸歌中，上古的闪电击打着原始的海洋，生命如萤火在混沌的海水中闪现；鲸歌中，生命睁着好奇而畏惧的眼睛，用带着鳞片的脚，第一次从大海踏上火山还没熄灭的陆地；鲸歌中，恐龙帝国在寒冷中灭亡，时光飞逝，沧海桑田，智慧如小草，在冰川过后的初暖中萌生；鲸歌中，文明幽灵般出现在各个大陆，亚特兰蒂斯在闪光和巨响中沉入洋底……一次次海战，鲜血染红了大海；数不清的帝国诞生了，又灭亡了，一切的一切都是过眼烟云……"在鲸的歌声中，世界的进化史开始片段化地展现。也许鲸歌所表达的是一种不可逆转的命运：鲸最终在人类的捕杀中消失殆尽。

　　1962年，雷切尔·卡逊出版《寂静的春

天》（*Silent Spring*），通过对喷洒农药 DDT 所造成的危害的研究，呼吁人类停止使用这类杀虫剂，因为这种农药最终会造成没有鸟语花香的"寂静的春天"出现。该书一出，引起轰动，并引发了人类对环境保护的高度重视。1972 年，罗马俱乐部发表了报告《增长的极限》，认为经济过热和人口的大量增加将导致结果：人类将会由于环境污染和食物不足而在一百年内毁灭。"现代性"的弊病越来越被人们认识到，环境保护意识开始席卷全球，越来越多的人加入环保宣传行列。从 20 世纪末开始，美国等一些国家开始"拆除大坝"行动，而捕鲸行为也被越来越多的人所反对。但是，完全杜绝捕鲸活动是不可能实现的。《鲸歌》中的"鲸歌"，就是一曲生态之哀歌。

美国作家赫尔曼·梅尔维尔曾经有一部关于捕鲸的小说《白鲸》（*Moby-Dick*），描写了捕鲸船船长亚哈因被一头名为"莫比·迪克"的白鲸咬掉了一条腿而誓死复仇，并最终命丧大海的故事。从生态批评的角度来讲，白鲸代表的就是大自然的力量，而亚哈向大自然疯狂地复仇，最终必然被大自然所吞噬。梅尔维尔告诉读者，人不能一直向大自然索取，要学会和平共处，要学会保护大自然。而《鲸歌》也表达了保护自然的主题。当毒贩和捕鲸者这两类不相及的人最终通过鲸的死亡而联系在一起时，我们不得不深思：环境保护的出路在哪里？技术又当如何被恰当地使用？这正是《鲸歌》带给读者的思考。

（贺江：文学博士，博士后，深圳职业技术学院讲师）

微观尽头

刘慈欣

今天夜里，人类将试图击破夸克。

这个壮举将在位于罗布泊的东方核子中心完成。核子中心看上去只是沙漠中一群优雅的白色建筑，巨大的加速器建在沙漠地下深处的隧道中，加速器的周长有 150 千米。在附近专门建了一座 100 万千瓦的核电厂为加速器供电，但要完成今天的试验还远远不够，只能从西北电网临时调来电力。今天，加速器将把粒子加速到 10 的 20 次方吉电子伏特，这是宇宙大爆炸开始时的能量，是万物创生时的能量，在这难以想象的能量下，目前已知的物质最小单位夸克将被撞碎，人类将窥见物质世界最深层的秘密。

核子中心的控制大厅中人不多，其中有目前世界上最杰出的两位理论物理学家，他们代表着目前对物质深层结构研究的两个不同的学派。其中之一是美国人赫尔曼·琼斯，他认为夸克是物质的最小单位，不可能被击破；另一位是中国人丁仪，他认为物质无限可分。控制大厅中还有负责加速器运行的总工程师，以及为数不多的几名记者。其他众多的工作人员都在地下深处的几十间分控室内，控制大厅只能看到综合后的数据。这里最让人惊奇的人物是一个叫迪夏提的哈萨克族牧羊老人，他的村庄就在核子中心加速器的圆周内。在昨天的野餐中，物理学家们吃了他的烤全羊，并坚持把他请来。他们认为这个物理学的伟大时刻，也是

全人类的伟大时刻，所以应该有一个最不懂物理学的人到场。

加速器已经启动，大显示屏上的能量曲线像刚苏醒的蚯蚓一样懒洋洋地爬着，向标志着临界能量的红线升去，那就是击碎夸克所需的能量。

"电视为什么不转播？"丁仪指着大厅一角的一台电视机问，电视中正转播着一场观众人山人海的足球赛。这位物理学家从北京到这儿一直身着一件蓝工作服，很容易被误认为是勤杂工。

"丁博士，我们并非世界中心，试验结果出来后，能出一条 30 秒的小新闻就不错了。"总工程师说。

"麻木，难以置信地麻木。"丁仪摇摇头说。

"但这是生存之必须。"琼斯说，他一副颓

废派打扮，头发老长，还不时从衣袋中掏出一个银制酒瓶喝一口。"我很不幸地不麻木，所以难以生存下去。"他说着掏出了一张纸，在空中晃着，"先生们，这是我的遗书。"

语惊四座，记者们立刻围住了琼斯。

"这个试验结束后，物质世界将不再有什么可以探索的秘密。物理学将在一个小时内完结！我是来迎接自己世界的末日。我的物理学啊，你这个冷酷的情人，你穷尽之后我如何活得下去！"

丁仪不以为然地说："这话在牛顿时代和爱因斯坦时代都有人说过，比如20世纪的马克斯·玻恩和史蒂芬·霍金，但物理学并没有结束，将来也不会结束。您很快就会看到，夸克将被击破，我们在通向无底的阶梯上又踏上一级。我是来迎接自己世界的早晨！"

"您这是抄袭毛泽东的理论，丁博士，他

在20世纪50年代就提出物质无限可分的思想了。"琼斯反唇相讥。

"你们过分沉湎于自己的思想了。"总工程师插话说，"通过阳光同一时刻在埃及和希腊的干井中不同的投影，可以推测出地球是圆的，甚至由此可以计算出它的直径，但只有麦哲伦的旅行才是真正激动人心的。你们这些理论物理学家以前只是待在井里，今天我们才是要在微观世界做真正的环球航行！"

大屏幕上，能量曲线接近了那条红线。外面的世界似乎觉察到了这沙漠深处涌动的巨大能量，一群鸟儿从红柳丛中惊飞，在夜空中久久盘旋，远方传来阵阵狼叫……终于，能量曲线越过了红线，加速器中的粒子已获得了撞击夸克所需的能量，这是人类有史以来所获得的最高能量的粒子。控制计算机立刻把这些超能粒子引出了加速器周长150千米的环道，使其进入一条支线，以接近光速的速度向靶标飞去。在这极限能量的轰击下，靶标立刻迸发出一场粒子辐射的暴雨。无数个传感器睁大眼睛盯着这场暴雨，它们能在一瞬间分辨出暴雨中几个颜色稍有不同的雨滴，正是从这几个雨滴的组合中，超级计算机将判断出是否发生了撞击夸克的事件，并进一步判断夸克是否被撞碎。

超能粒子在源源不断地产生，加速器中的撞击在持续，人们在紧张地等待着。超能粒子击中夸克的概率是很小的，他们不知道要等多长时间。

"哦，来自远方的朋友们，"迪夏提老人打破沉默，"十多年前，这些东西开始修建时我就在这里。那时工地上有上万人，钢铁和水泥堆得像山一样高，还有几百个像大楼一样高的线圈，他们告诉我那是电磁铁……我不明白，这样多的钱和物，这样多的人力，能灌溉多少沙漠，使那里长满葡萄和哈密瓜，可你们干的事情谁都不明白。"

"迪夏提大爷，我们在寻求物质世界最深的秘密，这比什么都重要！"丁仪说。

"我没有读过多少书，但我知道，你们这些世界上最有学问的人，在找世界上最小的沙粒。"

哈萨克族老牧人对粒子物理出色的定义使在场所有的人都兴奋起来。

"妙极了！"琼斯在得到翻译后叫起来，"他认为，"他指指丁仪，"沙粒要多小就有多小；而我认为，存在最小的沙粒，这粒沙子不能再小了，用最强有力的锤子都不可能砸碎它。尊敬的迪夏提大爷，您认为我们谁对呢？"

迪夏提大爷在听完翻译后摇了摇头："我

不知道，你们也不可能知道，世界万物究竟是怎么回事儿，凡人哪能搞清呢？"

"这么说，您是一位不可知论者？"丁仪问。

老牧人饱经风霜的双眼沉浸在梦幻和回忆中："世界真让人想不出啊！从小，我就赶着羊群在无边的戈壁沙漠中寻找青草。多少个夜晚，我和羊群躺在野外，看着满天的星星。那些星星密密麻麻的啊，晶亮晶亮的啊，像姑娘黑发中的宝石；夜不深时，身下的戈壁还是热的，轻风一阵阵的，像它的呼吸……这时世界是活的，就像一个熟睡的大娃娃。这时不用耳朵，而用心听，你就能听到一个声音，那声音充满天地之间，那是真主的声音，只有他才知道世界究竟是怎么回事儿。"

这时，蜂鸣器刺耳地响了，这是发生夸克撞击事件的信号，人们都转向大屏幕，物理学的最后审判日到了，人类争论了三千年的问题马上就会有答案。

超级计算机的分析数据如洪水般在屏幕上涌出，两位理论物理学家马上发现事情不对，他们困惑地摇摇头。

结果并没有显示夸克被撞碎，但也没有显示它保持完整，试验数据完全不可理解。

突然，有人惊叫了一声，那是迪夏提大爷，这里只有他对大屏幕上撞击夸克的数据不感兴趣，仍站在窗边。"天啊，外面怎么了？你们快过来看啊！"

"迪夏提大爷，请别打扰我们！"总工程师不耐烦地说，但迪夏提大爷的另一句话使所有人都转过身来。

"天……天怎么了？！"

一片白光透进窗来，大厅中的人们向外看去，他们不相信自己的眼睛：整个夜空变成

了乳白色！人们冲出了大厅，外面，在广阔的戈壁之上，乳白色的苍穹发着柔和的白光，像一片牛奶海洋，地球仿佛处于一个巨大的白色蛋壳的中心！ 当人们的双眼适应了这些时，他们发现乳白色的天空中有一群群的小黑点，仔细观察了那些黑点的位置后，他们真要发疯了。

"真主啊，那些黑点……是星星！！"迪夏提大爷喊出了每个人都看到但又不敢相信的结论。

他们在看着宇宙的负片。

震惊之中，有人从窗外注意到了大厅中的那台正在转播球赛的电视机，屏幕上的情形证明了他们不是在做梦：千里之外的体育场也笼罩在一片白光中，看台上的几万人都惊恐地仰望着天空……

"这事什么时候发生的？"首先镇静下来

的总工程师问。

"刚才里面那个鸣声响起来的时候。"迪夏提大爷说。

人们沉默了，他们把目光都集中到琼斯和丁仪身上，希望这两位自爱因斯坦以来最杰出的物理学家，能对眼前这噩梦般的现实做出哪怕一点点的解释。

两位物理学家已不看天空了，他们在低头沉思着。丁仪首先抬起头来仰望着乳白色的宇宙，长长地出了一口气。

"我们早该想到的。"

琼斯也抬起头来，望着丁仪："是的，这就是超统一理论方程中那个变量的含义！"

"你们在说什么？！"总工程师喊道。

"工程师，我们的环球航行成功了！"丁仪笑着说。

"你是说，我们的试验导致了这一切？！"

"事实正是如此!"琼斯说,同时掏出了那个银酒瓶,"现在麦哲伦知道了,地球是圆的。"

"圆……的?!"其他的人都困惑地看着两位物理学家。

"地球是圆的,从其表面任意一点一直向前走,就会回到原点。现在我们知道了宇宙的时空形状,很类似,我们一直向微观的深层走,当走到微观尽头时,就回到了整个宏观。加速器刚才击穿了物质最小的结构,于是其力量作用到最大的结构上,把整个宇宙反转了。"琼斯解释说。

丁仪说:"琼斯博士,您可以活下去了,物理学没有完结,才刚刚开始,就像人类知道地球的形状后,地理学刚刚开始一样。我们都错了,要说最接近事实的论述,是迪夏提大爷刚才说出的,我虽不相信真主,但宇宙之深奥之神奇远远超过我们的想象。"

"我想起来了，20世纪时，英国人阿瑟·克拉克在科幻小说中提出过宇宙负片的概念，但谁会想到它能成为现实呢？"

"可现在怎么办？"总工程师问。

"现在很好，我很乐意生活在负片宇宙中，它和反转前的同样美，不是吗？"琼斯喝干了瓶中的酒，微醉着伸开双臂拥抱整个新宇宙。

"可你们看……"总工程师从窗口指了指大厅里的电视机，体育场里惊恐的骚动在加剧，一种集体的歇斯底里在人海中蔓延开来。从这个画面上可以想象，整个人类世界正陷入混乱之中。

"继续轰击靶标。"丁仪对总工程师说。在第一次夸克撞击事件发生后，为了分析结果，控制计算机已中止了超能粒子对靶标的轰击。

"你疯了？！鬼知道第二次夸克撞击事件会产生什么效应？也许会造成宇宙坍缩或大爆炸！"

"不会的！前面的现象已证明了超统一方程的正确，我们知道下一次撞击会发生什么。"琼斯说。

加速器中的超能粒子再次被引向靶标，人们期待着粒子的暴雨中那几滴不同颜色的雨滴的出现。

1分钟，2分钟……10分钟……

各种曲线和数据在大屏幕上懒洋洋地滚动着，什么都没发生。

电视屏幕上，体育场中的人海已失去了控制，在乳白色的天空下，人们无目标地乱撞，互相践踏……图像抖动了一下，电视信号中断了，屏幕上只有一片荒漠一样的雪花。宇宙的突变超出了人类所有的知识和想象，超出了他们的精神承受力，世界处于疯狂的边缘。

蜂鸣器第二次响了，夸克第二次被击中。

没有任何预兆，比眨眼的速度更快，宇宙再次被反转，漆黑的夜空，晶莹的星群，人类的宇宙又回来了。

"天啊，你们在干真主的事！"迪夏提大爷说。核子中心的人们这时都聚集在外面的戈壁滩上，聚集在醉人的星空下。

"是的，对物质本原的不懈探索使我们拥有了上帝的力量，这真是做梦都想不到的。"琼斯说。

"但我们仍是人，谁知道以后还会发生什么呢？"丁仪说。

夜空中，群星灿烂，那听不见的乐曲充满整个宇宙。

"真主啊……"迪夏提大爷对着星空伏下身来。

翻转乾坤的科幻奇观

——《微观尽头》的科学意识与宇宙意识

高亚斌

　　刘慈欣具有广博宏大的"宇宙意识"和洞察入微的"微观意识"，他把好奇的目光投向苍茫的宏观宇宙和微渺的微观世界，在《微观尽头》中，通过科学家击穿物质微粒的试验，让人们目睹了宇宙背面的奇幻景观，引领读者进入惊心动魄而又美不胜收的叙事空间和文学世界，产生了撼动人心的艺术效果。

　　小说家是一个存在的勘探者，优秀的作品能为我们打开别样的文学空间。读刘慈欣的科幻小说能明显感受到，他总是善于展现一个全然不同的幻想世界，令人叹为观止，赏心悦目。在科幻小说领域，刘慈欣是一个出色的叙述者，他的小说不但科学含量十足，文学分量也毫不逊色，他曾经创下了八年蝉联中国科幻文学最高奖"银河奖"的纪录，被誉为"当代中国科幻第一人"。

　　《微观尽头》是刘慈欣早期的短篇小说，小说叙写科学家试图击破夸克微粒，窥测微观世界尽头的景观，发现世界最深层的奥秘的故事。一群科学家经过科学地设计和精密地计算，终于击穿了夸克微粒，见到了宇宙背面无比奇幻的底片一样的世界，实现了人类科学上的这一辉煌奇迹；然后，科学家通过再次击穿夸克微粒，重新回到宇宙正面的正常世界。小说展现了宇宙背面令人惊心动魄的壮丽景观，在揭示世界奥秘的同时，对大自然的神奇造化之功进行了热情讴歌。

一、科学意识与宇宙意识

刘慈欣的科幻小说，总是选择最为前沿的科学领域，表现出对人类存在、宇宙现象等宏大主题的高度关注，这构成了他的小说中富有现代意义的"科学意识"和"宇宙意识"。他虽然身居偏僻一隅，却把深邃的目光投向遥远的星空，投向宇宙的深处，在苍茫浩瀚的太空，留下意味深长而又辽远深邃的思考。

受西方科幻文学的影响，刘慈欣从小就对科幻小说表现出了异常浓烈的兴趣，科幻成为他少年时代的思想启蒙，也成为他成长之后探索世界、思考未来的一种方式，为他开启了一个无限丰富的文学空间。他毫不讳言自己对西方科幻作家如儒勒·凡尔纳、阿瑟·克拉克等科幻大师的由衷喜爱，在这些作家的作品中，他找到了自我灵魂的投影与个人心灵的安放之所，这些作家都成为他的精神导师。受他们的影响，刘慈欣关注宇宙、星空这类宏大磅礴的科幻主题，极力展现科学之美，彰显作家的科学意识与人文情感，并在思想视野上与这些伟大的作家进行精神对话。在很大程度上，他的科幻小说，就是向这些小说大家们的崇高致敬。

在文学性与科学性之间，刘慈欣的创作天平明显朝着后者倾斜，他更多地把科幻小说作为科学知识的载体，以及培养科学意识的重要文体。在他的小说中，有着一个明显的"核心科幻"（著名科幻作家王晋康提出的科幻概念）的思维构架，作为小说的整体创作思想。在《微观尽头》中，小说以微观的夸克微粒能否被继续分割的科学命题引起情节、铺设悬念，以夸克微粒尽头的神奇景观收束，故事显得不蔓不枝、紧凑天然，却又跌宕起伏、引人入胜，达到了以少胜多、举重若轻的艺术效果。

中国是一个现代科学精神有待提高的国家。在封建时代，神鬼迷信习俗流行于民间，巫风陋习弥漫朝野，其遗毒甚广，未能根除。相反，科学却总是被人们忽视。对此，刘慈欣曾经深恶痛绝地指出："中国社会面临的真正灾难是科学精神在大众中的缺失"①。在小说《微观尽头》中，当意义重大的击穿夸克微粒的试验正在进行之际，电视台和其他新闻媒体却对此略显冷漠，在民众普遍的科学意识匮乏的时代氛围中，只有科学家在不惮前驱与勇敢探索。正如作家在小说《乡村教师》中所写："他们有一种个体，有一定数量，分布于这个种群的各个角落，这类个体充当两代生命体之间知识传递的媒介。"包括科学家在内的知识分子充当了这特殊的"个体"，他们如鲁迅笔下的"独异个人"，在普遍的"庸众"群体中显得异常醒目，在《朝闻道》《中国太阳》等小说中，科学家形象更是上升为一种献身精神的象征。在一个物质至上、利益与欲望驱动人心的时代，漠视知识、科学

① 刘慈欣. 从大海见一滴水——对科幻小说中某些传统文学要素的反思 [J]. 科普研究，2011（6）.

观念淡薄，成为时代的可怕痼疾，刘慈欣以知识分子的视角，对此进行了一定的反思与批判。

科学意识是现代意识的重要标志，是现代文明的一大表现。自五四运动以来，科学与民主成为时代的崭新主题，也成为社会进步的一大标尺。在文学上，也开始了对科学知识和科学意识的倡导和弘扬，科幻小说即是其良好的载体，对此，鲁迅早就说过："导中国人群以进行，必自科学小说始。"[①]刘慈欣是科学意识非常鲜明、强烈的作家，在他的科幻小说中，对科学理念的输入和对科学知识的渗透、对科学意识的培养，构成了他小说创作的重要思想内涵。而且，科学意识的高倡，还会催生包括科幻小说在内的所有文学形式的繁荣。正是由于五四运动科学精神、民主意识的高倡，才导致了新文学的繁荣；而20世纪80年代西方外来科学与文化观念的输入，进一步激发了当时包括文

---

① 鲁迅. 月界旅行·辨言［M］// 鲁迅. 鲁迅全集：第10卷. 北京：人民文学出版社，1987：151.

学在内的整个文化的复兴。可见，随着科幻小说的发展，以及科学意识与观念的引入，文学发展将迎来又一个崭新的局面。

二、文化差异与科学家形象

尽管刘慈欣说，"我创作的注意力主要集中在科幻构思上，人物只是讲故事的工具"[①]（在他早期的作品中，他的确并不重视小说人物形象的设置与性格的凸现，并力图淡化这一因素。），但在《微观尽头》中，角色形象的特征还是非常鲜明的，中国科学家丁仪和美国科学家赫尔曼·琼斯的文化背景和形象气质迥异，他们的行为与思想方式也大相径庭。这是"目前世界上最杰出的两位理论物理学家"，他们"代表着目前对物质深层结构研究的两个不同的学派"，围绕夸克微粒能否被击穿的理论问题，他们有

---

① 刘慈欣，吴言. 星空的奥妙：刘慈欣访谈 [J]. 名作欣赏，2016（1）.

了科学理论甚至思想观念上的合作与交锋。颓废派打扮、几乎玩世不恭的琼斯，性情开朗、幽默滑稽，但对未来充满迷惘和绝望情绪；而丁仪表面上严谨刻板、不苟言笑，骨子里却乐观豁达、不拘俗套，对人类的未来与科学发展的前景充满了信心。在这一层面，作家对中西方文化的特点及其差异，进行了一番颇有意味的对比和反观。

精英意识与世俗观念的对抗与冲突，始终是刘慈欣小说关注的一大主题。通过不同角色的对比，来突出小说的主题表达，是刘慈欣诸多小说所惯用的构思方式。这种人物形象设置，有助于在相互对比中凸显人物的精神风貌，彰显人物的性格特征。在《微观尽头》中，作家把叙事的重心放在了丁仪的一边，丁仪是一个具有中国传统知识分子风骨的科学家，他有着鲜明的精英意识和启蒙思想，他全身心地投入科学研究中，因而显得不同流俗。他有一种成竹在胸的聪明睿智与从容气度，具有翻转天地、掣动乾坤的气魄，这源于他所具有的雄厚的科学知识积淀，以及他超前时代、洞穿宇宙的科学思想。而且，小说中科学家丁仪敢于击穿夸克微粒，有其完善的科学知识与强大的科学信念作支撑，但是其中又有着某种不计后果、无所畏惧的冒险精神，这凸显出一个聪明睿智和富有挑战精神的科学家的动人形象。正是由于他们富有远见卓识而又有孜孜以求的探索精神，才能够推动科学创新的发展与社会文明的进步，也才能够使人们日益突破现实世界的狭隘阈限，走向无限广阔深邃的思想与精神空间。

刘慈欣的科幻小说一般把叙事情节放置在现实中国的社会语境中，以本土化的叙事风格讲述故事。中国与美国都是目前世界上的重要大国，也都具有影响国际事务的能力，小说中所虚拟创设的击穿夸克微粒事件，由这两国重要的科学家来完成，其本身就具有某种寓言的性质。一方面，丁仪和琼斯是业内两个顶尖级的科学家，具有引导世界科学发展的个人能力；

另一方面，在他们的背后，也是两个超级大国、两个不同的世界：以美国为代表的发达国家和正在上升的发展中国家中国。他们的思维方式和对待未来人类前途和命运的态度，也存在着明显的差异：体现的是两种不同的文化背景和思维方式乃至世界观之间的差异。

刘慈欣不但关注那些非凡人物——包括卓越的科学家和显赫的政要等，还关注那些名不见经传的小人物，体现出建立在现代民主平等观念基础上的平民意识和人文情怀。在他的许多科幻小说中，平民形象是最为生动感人的形象谱系之一，比如《乡村教师》中的小学教师、《中国太阳》中的农民工水娃等。在《微观尽头》中，小说特意设置了一位名叫迪夏提的哈萨克族牧羊老人，与科学家相比，老人所代表的是一种来自生活的、饱经沧桑之后的人生智慧。他以一位平凡老人的睿智目光和一颗淳朴的心灵，以宽厚悲悯的良知和敏锐可靠的直觉，看到了这个世界的某些奥秘。这种角色形象的安排，有利于让小说回到日常生活的人生状态，避免由于小说情节过于离奇出格、人物形象偏向传奇失真所造成的脱离生活和向壁虚构，凸显小说的生活基础与现实质地，增强小说的真实感。

诚如刘慈欣本人所言："在科幻小说中，人类一般是作为一个整体出现的，科幻小说所面对的问题和危机也是人类所共同面对的，所以，我没有在自己的创作中刻意展现中国特色。"[1]科幻小说是超越于国家民族观念之上的"普世"化的文体，科学无边界、科幻无国界，但我们依然可以看到，刘慈欣具有强烈的民族情怀。小说《坍缩》《微观尽头》《乡村教师》《中国太阳》等在构建科学家形象的同时，也完成了对于国家、民族形象的建构。正如一个人受自己的国家影响一样，科幻小说的作家也是属于特定民族、国家的，他理应具有个人的民

---

[1] 刘慈欣，吴言. 星空的奥妙：刘慈欣访谈 [J]. 名作欣赏，2016（1）.

族、国家意识。从历史的角度看来，爱国主义情怀与民族主义情绪，一直是中国现代文学中一个难以回避和绕开的话题，科幻小说也如此，从早期的科幻小说《新中国未来记》《铁鱼底鳃》《猫城记》，到中华人民共和国成立以后的《小灵通漫游未来》《珊瑚岛上的死光》等，都可以见到民族情绪的印痕。如刘慈欣在一文中谈到的，"有人认为，科幻是唯一可以直接描写出'中国梦'的文学题材"①，在《微观尽头》中，作家也是通过讲述自己的中国故事，倾诉自己心中的"中国梦"，表现出炽烈的强国梦想。

三、叙事时间与叙事空间

刘慈欣的科幻小说一般都有一个科学理论的基本构架，他承袭了鲁迅"经以科学"的科幻理念和叙事传统，在传奇性的故事情节中，

① 刘慈欣. 让科幻文学推动创新 [N]. 光明日报, 2016-03-10.

向读者传输一些科学知识——甚至那些最为前沿和深奥的科学知识，都能够在他的小说中得到生动的表达。在此过程中，他竭力避免对科学理念的文学图解，他娴熟的叙事技巧和超凡出众的驾驭题材的能力，使其小说显得情节跌宕起伏、叙事摇曳生姿，绝无某些科普类文章的深奥晦涩或生硬枯燥。

刘慈欣的科幻小说很注意对叙事时间的安排，他喜欢把小说故事的叙事时间设置在一个特殊的"节点"上，或者一个较为短暂的时间片段里，以此作为小说展开的良好契机。在他的小说中，这个叙事时间的"临界状态"，可能是一个巨大的变动或者转机，也可能是一个时代乃至旧世界的结束，或是一个新的时代、一个新世界的开始。正是在这个特殊的时间临界点上，由于面临着各种不同的可能性，而便于展开不羁的想象，引领读者进入一个自由辽阔而又深邃丰富的艺术世界。在《微观尽头》中，小说以夸克微粒的击穿瞬间作为叙事的临界时间，这是一个激动人心的时刻，也是小说起承转合的主要线索，成为抓住读者的巧妙关枢。从叙事时间上来说，这种安排非常紧凑，收放自如。他的其他小说，如《坍缩》《朝闻道》等，也都有这样的关键时刻和叙事节点，这体现出他在小说叙事时间上的处理方式和构思特点。

小说家往往致力于创设属于自己的独特的文学空间，在文学史中留下令人难忘的"领地"，如鲁迅的鲁镇、周作人的苦雨斋、废名的桃园、沈从文的边城、萧红的呼兰河、钱锺书的围城等，都是别有意味的文学空间。在科幻小说中，作家们更是以其汪洋恣肆、奔放不羁的想象，打破现实生活的刻板阈限，通过跨越时空、穿梭古今、进入星空、回到史前等方式，来创设小说空间和文学情境，引领读者进入一个陌生化的、魅力无穷的幻想世界。如西方科幻作家儒勒·凡尔纳笔下的神秘岛和金银岛、阿西莫夫笔下的基地世界和银河帝国等，以及中国作家荒江钓叟笔下的"月球殖民地"、老舍笔下的猫城、郑文光笔下的人马座等。刘慈欣善于描摹人类创造的那些恢宏壮观、美不胜收的雄奇景观，但他似乎更钟爱不为人们日常所注意到的微渺世界，比如《白垩纪往事》中与恐龙王国相对的蚂蚁王国、《微纪元》中与宏人社会相对的微人社会等。他把好奇的目光，投向了非常微渺的世界，为读者打开了饶有趣味的微观空间。正应了他所说的："科幻能使我们从大海见一滴水。"① 他要发现事物内部"一沙一世界，一花一菩提""方寸之间，深不见底"（刘慈欣《三体Ⅲ·死神永生》）的隐微奥义，这或许可以称之为与他的"宇宙意识"相对的所谓"微观意识"。在他后来的《白垩纪往事》《微纪元》《梦之海》《三体》等小说中，这一"微观意识"更是得到了淋漓尽致的表现。在科幻小说《微纪元》中他这样描写道：

① 刘慈欣. 从大海见一滴水——对科幻小说中某些传统文学要素的反思 [J]. 科普研究，2011（6）.

……他想象着当微人们第一次看到那棵顶天立地的绿色小草时的狂喜。那么一小片草地呢？一小片草地对微人意味着什么？一个草原！一个草原又意味着什么？那是微人的一个绿色宇宙了！草原中的小溪呢？当微人们站在草根下看着清澈的小溪时，那在他们眼中是何等壮丽的奇观啊！最高执政官说过会下雨，会下雨就会有草原，就会有小溪的！还一定会有树。天啊，树！先行者想象一支微人探险队，从一棵树的根部出发，开始他们漫长而奇妙的旅程。每一片树叶，对他们来说都是一个一望无际的绿色平原……还会有蝴蝶，它的双翅是微人眼中横贯天空的彩云；还会有鸟，每一声啼鸣在微人耳中都是来自宇宙的洪钟声……

（摘自《微纪元》，科学普及出版社，2021.5）

刘慈欣对于宏大与微渺的世界都充满了

探索的好奇与想象的乐趣，在时间与空间的两个不同维度上，不断地建构和叙说着属于自己的文学世界，开拓着他的小说的创作领域，延伸着小说的想象维度；同时，在很大程度上，也在丰富和拓展着中国科幻小说的发展路径和创作领域。无论是在宏观层面上宇宙意识的彰显，还是在微观层面上对微渺世界的打开，都是想象宇宙存在与人类生存的可能形式。他对人类未知领域、对科幻文学盲区的不懈探索，终于使中国的科幻小说得以跻身于世界最优秀的科幻小说之林，如复旦大学教授严锋所说："这个人单枪匹马，把中国科幻文学提升到了世界级的水平。"①

一个优秀的作家，同时也应该是一个卓越的思想家、哲学家。庄子在《秋水》一篇中曾经展开对小大之辩的思考，表达了"小而不寡，大而不多"的观点，体现了古人对于宏观世界

---

① 严锋. 追寻"造物主的活儿"——刘慈欣的科幻世界［J］. 书城，2009（2）.

翻转乾坤的科幻奇观——《微观尽头》的科学意识与宇宙意识

与微观世界的思考。刘慈欣在小说中不断揭示宏观与微观世界奥秘的同时，也在传输着某种世界观和哲学理念，他以文学和科学的双重视角，用瑰丽绚烂的想象与客观严谨的态度，开辟着科幻小说的思想空间，提升着科幻小说的艺术境界，从而缔造了中国科幻小说的一座雄奇高峰。

（高亚斌：文学博士，兰州交通大学文学院副教授）

刘慈欣科幻创作年表

创作年表（一）

作品篇名	发表刊物及期号 （作品集或网站）	备　注
《鲸歌》	《科幻世界》1999（6）	
《微观尽头》	《科幻世界》1999（6）	
《坍缩》	《科幻世界》1999（7）	原名《宇宙坍缩》
《带上她的眼睛》	《科幻世界》1999（10）	获第十一届中国科幻银河奖一等奖
《地火》	《科幻世界》2000（2）	
《流浪地球》	《科幻世界》2000（7）	获第十二届中国科幻银河奖特等奖
《乡村教师》	《科幻世界》2001（1）	获第十三届中国科幻银河奖读者提名奖
《微纪元》	《科幻世界》2001（4）	
《全频带阻塞干扰》	《科幻世界》2001（8）	获第十三届中国科幻银河奖
《纤维》	《科幻世界·惊奇档案》（霹雳与玫瑰号）2001	
《命运》	《科幻世界·惊奇档案》（太阳舞号）2001	
《信使》	《科幻大王》2001（11）	

续　表

作品篇名	发表刊物及期号 （作品集或网站）	备　注
《西洋》	《2001年度中国最佳科幻小说集》	四川人民出版社2002年出版
《中国太阳》	《科幻世界》2002（1）	获第十四届中国科幻银河奖
《梦之海》	《科幻世界》2002（1）	
《朝闻道》	《科幻世界》2002（1）	获第十四届中国科幻银河奖读者提名奖
《混沌蝴蝶》	《科幻大王》2002（1）	
《天使时代》	《科幻世界》2002（6）	
《人和吞食者》	《科幻世界》2002（11）	获第十四届中国科幻银河奖读者提名奖，原名《吞食者》
《诗云》	《科幻世界》2003（3）	获第十五届中国科幻银河奖读者提名奖
《光荣与梦想》	《科幻世界》2003（8）	
《地球大炮》	《科幻世界》2003（9）	获第十五届中国科幻银河奖
《思想者》	《科幻世界》2003（12）	获第十五届中国科幻银河奖读者提名奖
《圆圆的肥皂泡》	《科幻世界》2004（3）	获第十六届中国科幻银河奖读者提名奖
《球状闪电》	《科幻世界·星云2》（2004）	长篇小说，2005年出版单行本
《镜子》	《科幻世界》2004（12）	获第十六届中国科幻银河奖
《赡养上帝》	《科幻世界》2005（1）	获第一届柔石小说奖短篇小说金奖
《欢乐颂》	《恐龙·九州幻想》（贪狼号）2005（8）	
《赡养人类》	《科幻世界》2005（11）	获第十七届中国科幻银河奖

作品篇名	发表刊物及期号 （作品集或网站）	备　注
《山》	《科幻世界》2006（1）	
《三体》	《科幻世界》2006 （5-12）	长篇小说，获第十八届中国科幻银河奖特别奖、《当代》长篇小说2011年度五佳、第一届西湖·类型文学双年奖金奖、星云奖（美国）最佳长篇小说提名、雨果奖（美国）最佳长篇小说奖、坎贝尔奖最佳小说提名等
《月夜》	《生活》2009（1）	
《太原之恋》	《九州幻想·贲书铁券》2010（2）	又名《太原诅咒》
《人生》	收录于《时光尽头》	花山文艺出版社2010年出版
《2018年4月1日》	收录于《时光尽头》	花山文艺出版社2010年出版
《时间移民》	收录于《微纪元》	沈阳出版社2010年出版
《烧火工》	果壳网2012（1）	
《圆》	*Carbide Tipped Pens* 2014（12）	
《黄金原野》	收录于《十二个明天》	北京联合出版有限公司2018年出版

创作年表（二）

作品单行本或结集名称	出版时间	出版社	备注
《当恐龙遇上蚂蚁》	2002.6	北京少年儿童出版社	
《魔鬼积木》	2002.9	福建少年儿童出版社	作品集，含《黛丽丝之死》《淘金者》《大火》《血洗2号基地》《桑比亚之战》等
《超新星纪元》	2003.1	作家出版社	
《带上她的眼睛》	2004.6	人民文学出版社	作品集，含《地火》《带上她的眼睛》《全频带阻塞干扰》《乡村教师》《中国太阳》《朝闻道》等
《星云Ⅱ：球状闪电》	2004.7	四川科学技术出版社	
《三体》	2008.1	重庆出版社	
《三体Ⅱ：黑暗森林》	2008.5	重庆出版社	
《流浪地球》	2008.11	长江文艺出版社	作品集，含《中国太阳》《乡村教师》《全频带阻塞干扰》《流浪地球》《带上她的眼睛》《地球大炮》《镜子》《赡养上帝》（附录一《从大海见一滴水：对科幻小说中某些传统文学要素的反思》）（附录二《作品年表》）（附录三《刘慈欣经典语录》）等
《魔鬼积木·白垩纪往事》	2008.11	长江文艺出版社	作品集，含《白垩纪往事》《魔鬼积木》（附录一《从大海见一滴水：对科幻小说中某些传统文学要素的反思》）（附录二《作品年表》）（附录三《刘慈欣经典语录》）等

作品单行本或结集名称	出版时间	出版社	备 注
《时光尽头》	2010.1	花山文艺出版社	作品集，含《2018 年 4 月 1 日》《朝闻道》《地火》《光荣与梦想》《欢乐颂》《混沌蝴蝶》《鲸歌》《梦之海》《人和吞食者》《人生》《山》《命运》等
《微纪元》	2010.4	沈阳出版社	作品集，含《微纪元》《时间移民》《微观尽头》《坍缩》《天使时代》《诗云》《思想者》《赡养人类》《纤维》《信使》《圆圆的肥皂泡》等
《三体Ⅲ：死神永生》	2010.11	重庆出版社	
《天使时代》	2012.8	人民邮电出版社	作品集，含《天使时代》《鲸歌》《坍缩》《微纪元》《混沌蝴蝶》《梦之海》《人和吞食者》《光荣与梦想》《圆圆的肥皂泡》等
《乡村教师》	2012.9	长江文艺出版社	作品集，含《镜子》《流浪地球》《梦之海》《全频带阻塞干扰》《人和吞食者》《赡养人类》《赡养上帝》《诗云》《思想者》《坍缩》《微纪元》《乡村教师》《中国太阳》等
《中国太阳》	2014.1	辽宁少年儿童出版社	作品集，含《中国太阳》《纤维》《山》《微纪元》《人和吞食者》等
《刘慈欣谈科幻》	2014.1	湖北科学技术出版社	

作品单行本或结集名称	出版时间	出版社	备 注
《2018》	2014.12	江苏凤凰文艺出版社	作品集，含《2018年》《赡养人类》《诗云》《地火》《鲸歌》《白垩纪往事》《人生》《超新星纪元》《圆圆的肥皂泡》《纤维》《信使》《混沌蝴蝶》《光荣与梦想》等
《时间移民》	2014.12	江苏凤凰文艺出版社	作品集，含《坍缩》《思想者》《西洋》《吞食者》《镜子》《微纪元》《朝闻道》《天使时代》《命运》《梦之海》《山》《微观尽头》《时间移民》《欢乐颂》等
《带上她的眼睛——刘慈欣科幻短篇小说集Ⅰ》	2015.6	四川科学技术出版社	作品集，含《鲸歌》《微观尽头》《宇宙坍缩》《带上她的眼睛》《地火》《流浪地球》《乡村教师》《混沌蝴蝶》《微纪元》《全频带阻塞干扰》《纤维》《命运》《信使》《中国太阳》《朝闻道》《天使时代》《人和吞食者》等
《梦之海——刘慈欣科幻短篇小说集Ⅱ》	2015.7	四川科学技术出版社	作品集，含《梦之海》《西洋》《诗云》《光荣与梦想》《地球大炮》《人生》《思想者》《圆圆的肥皂泡》《镜子》《赡养上帝》《欢乐颂》《赡养人类》《山》《太原之恋》《2018年4月1日》《时间移民》《烧火工》《圆》等
《镜子》	2015.12	中国工人出版社	作品集，含《镜子》《山》《诗云》《流浪地球》《中国太阳》《带上她的眼睛》《地球大炮》《思想者》《朝闻道》《乡村教师》等

作品单行本或 结集名称	出版 时间	出版社	备　注
《最糟的宇宙，最好的地球——刘慈欣科幻评论随笔集》	2015.12	四川科学技术出版社	
《人和吞食者》	2016.1	现代出版社	作品集，含《赡养人类》《地球大炮》《人和吞食者》《中国太阳》《全频带阻塞干扰》《流浪地球》《带上她的眼睛》《命运》《赡养上帝》《太原诅咒》《2018年》《鲸歌》《微观尽头》等
《刘慈欣少年科幻科学小说系列》	2016.1	广西师范大学出版社	系列丛书，包括《动物园里的救世主》《爱因斯坦赤道》《孤独的进化者》《第三次拯救未来世界》《十亿分之一的文明》等
《蝴蝶》	2016.3	中国工人出版社	作品集，含《混沌蝴蝶》《吞食者》《全频带阻塞干扰》《地火》《梦之海》《赡养上帝》《赡养人类》《微纪元》《天使时代》《超新星纪元》等
《赡养人类》	2016.7	中国华侨出版社	作品集，含《地火》《鲸歌》《镜子》《人和吞食者》《太原诅咒》《赡养上帝》《赡养人类》《坍缩》《天使时代》《乡村教师》等
《超新星纪元》	2016.10	中国华侨出版社	作品集，含《西洋》《思想者》《山》《超新星纪元》《白垩纪往事》《圆圆的肥皂泡》《纤维》《诗云》《梦之海》《光荣与梦想》等

作品单行本或结集名称	出版时间	出版社	备　注
《信使》	2017.4	中国工人出版社	作品集，含《信使》《坍缩》《纤维》《西洋》《微观尽头》《2018年》《命运》《光荣与梦想》《鲸歌》《太原诅咒》《圆圆的肥皂泡》《白垩纪往事》等
《刘慈欣少儿科幻系列》	2018.6	科学普及出版社	多卷书，包括《流浪地球》《天使时代》《中国太阳》《地球大炮》《光荣与梦想》《梦之海》等
《刘慈欣科幻小说自选集》	2018.10	长江文艺出版社	作品集，含《流浪地球》《微纪元》《超新星纪元》《山》《诗云》《梦之海》《朝闻道》《乡村教师》《全频带阻塞干扰》《人和吞食者》等
《刘慈欣少年科幻科学小说系列（第二辑）》	2019.5	广西师范大学出版社	系列丛书，包括《流浪地球》《中国太阳》《天使时代》《赡养世界》《全频带阻塞干扰》
《三体》（图文版）	2020.8	重庆出版社	
《三体·黑暗森林》（图文版）	2020.12	重庆出版社	
《刘慈欣少儿科幻系列》	2021.5	科学普及出版社	系列丛书，包括《流浪地球》《全频带阻塞干扰》《超新星纪元》《地球大炮》《微纪元》《中国太阳》
《圆圆的肥皂泡——刘慈欣中短篇科幻小说精选》	2021.6	长江少年儿童出版社	作品集，含《流浪地球》《超新星纪元》《圆圆的肥皂泡》《带上她的眼睛》《微纪元》《中国太阳》《朝闻道》等

创作年表（三）

作品改编的绘本或漫画名称	出版时间	出版社	备 注
《全频带阻塞干扰》	2009.3	中国文联出版社	漫画
《烧火工》	2019.5	北京联合出版有限公司	绘本
《刘慈欣科幻漫画系列》	2020.5	中信出版社	系列丛书，包括《流浪地球》《乡村教师》《梦之海》《圆圆的肥皂泡》
《刘慈欣科幻系列绘本》	2020.12	山东文艺出版社	系列丛书，包括《流浪地球》（上下册）、《镜子》等
《刘慈欣科幻漫画系列（第二辑）》	2021.5	中信出版社	系列丛书，包括《圆》《混沌蝴蝶》《吞食者》《赡养人类》等
《刘慈欣科幻漫画系列（第三辑）》	2021.11	中信出版社	系列丛书，包括《山》《全频带阻塞干扰》《微纪元》《地球大炮》等

获奖明细

获奖年度	获奖作品	获奖名称	奖项类别	备注
1999	《带上她的眼睛》	第十一届中国科幻银河奖	一等奖	
2000	《流浪地球》	第十二届中国科幻银河奖	特等奖	
2001	《全频带阻塞干扰》	第十三届中国科幻银河奖	银河奖	
2001	《乡村教师》	第十三届中国科幻银河奖	读者提名奖	
2002	《中国太阳》	第十四届中国科幻银河奖	银河奖	
2002	《朝闻道》	第十四届中国科幻银河奖	读者提名奖	
2002	《人和吞食者》	第十四届中国科幻银河奖	读者提名奖	
2003	《地球大炮》	第十五届中国科幻银河奖	银河奖	
2003	《思想者》	第十五届中国科幻银河奖	读者提名奖	
2003	《诗云》	第十五届中国科幻银河奖	读者提名奖	
2004	《镜子》	第十六届中国科幻银河奖	银河奖	
2004	《圆圆的肥皂泡》	第十六届中国科幻银河奖	读者提名奖	
2005	《赡养人类》	第十七届中国科幻银河奖	银河奖	
2006	《三体》	第十八届中国科幻银河奖	特别奖	
2010	《三体Ⅲ：死神永生》	第二十二届中国科幻银河奖	特别奖	
2010		第一届全球华语科幻星云奖	最佳科幻/奇幻作家奖	人物奖
2011	《超新星纪元》	2007—2009年度赵树理文学奖	儿童文学奖	
2011		第二届全球华语科幻星云奖	最佳科幻作家奖金奖	人物奖

获奖年度	获奖作品	获奖名称	奖项类别	备　注
2011	《三体Ⅲ：死神永生》	第二届全球华语科幻星云奖	最佳长篇科幻小说奖金奖	
2011	《三体Ⅲ：死神永生》	《当代》长篇小说年度五佳	2011年度五佳	
2012	《赡养上帝》	第一届柔石小说奖	短篇小说金奖	
2013	《三体》	第一届西湖·类型文学双年奖	金奖	
2013	《三体Ⅲ：死神永生》	第九届全国优秀儿童文学奖	科幻文学奖	
2014	《三体》	星云奖	最佳长篇小说提名奖	
2015		第六届全球华语科幻星云奖	最高成就奖	人物奖
2015		第二十六届中国科幻银河奖	特别功勋奖	人物奖
2015	《三体》	雨果奖	最佳长篇小说奖	
2015	《三体》	坎贝尔奖	最佳小说提名奖	
2016		影响世界华人盛典	影响世界华人大奖	人物奖
2017	《三体Ⅲ：死神永生》	轨迹奖	最佳长篇科幻小说奖	
2017	《三体》	伊格诺特斯奖	最佳国外长篇小说奖	
2017	《三体》	库尔德·拉西茨奖	最佳翻译小说奖	
2017	《三体Ⅲ：死神永生》	雨果奖	最佳长篇小说提名奖	

续　表

获奖年度	获奖作品	获奖名称	奖项类别	备　注
2018		克拉克想象力服务社会奖		人物奖
2019		第三十届中国科幻银河奖	银河科幻名人堂·荣誉证书	人物奖
2020	《三体》	第51届日本星云奖	海外长篇小说奖	
2021	《三体Ⅱ：黑暗森林》	第52届日本星云奖	海外长篇小说奖	

　　说明:《创作年表（二）》主要统计了刘慈欣在大陆首次出版的单行本和作品集，再版作品或在港澳台地区及海外出版的作品未纳入统计。在统计创作年表及获奖明细的过程中难免出现疏漏，恳请作者和广大读者批评指正。

（马俊锋　整理）

（马俊锋：文学博士，河北经贸大学文化与传播学院讲师）